山居漫吟之

鄂山心语

时新

王卓 著

湘潭大学出版社
XIANGTAN UNIVERSITY PRESS

图书在版编目（CIP）数据

山居漫吟之鄂山心语 / 王卓著 . -- 湘潭 ：湘潭大学出版社，2024. 9. -- ISBN 978-7-5687-1660-4
Ⅰ. I227
中国国家版本馆 CIP 数据核字第 2024K7Z166 号

山居漫吟之鄂山心语

SHANJUMANYIN ZHI ESHAN XINYU

王卓 著

策划编辑： 丁立松
责任编辑： 丁立松　李玉洁
封面设计： 文海宏远
出版发行： 湘潭大学出版社
社　　址： 湖南省湘潭大学工程训练大楼
电　　话： 0731-58298960 0731-58298966（传真）
邮　　编： 411105
网　　址： http://press.xtu.edu.cn/
印　　刷： 长沙创峰印务有限公司
经　　销： 湖南省新华书店
开　　本： 710 mm×1000 mm 1/16
印　　张： 11.25
字　　数： 102 千字
版　　次： 2024 年 9 月第 1 版
印　　次： 2024 年 9 月第 1 次印刷
书　　号： ISBN 978-7-5687-1660-4
定　　价： 49.80 元

闲笔寄情归鄂山

——写在王卓《山居漫吟之鄂山心语》出版前

刘小云

初识诗人王卓，交谈未入深，留下了《山居漫吟之鄂山心语》初稿，在诗句中走进一个人的心里，未尝不是深交的一条畅通渠道。

鄂山是哪里？有典故吗？鄂山，一看“鄂”字，直觉告诉我，是湖北，湖北的简称就是鄂。但王卓的鄂山是在山西，在山西乡宁县。乡宁古称鄂，山叫鄂山，水叫鄂河，城叫鄂邑，夏商时期，鄂国就起源于山西乡宁，之后慢慢地慢慢地迁至梁子湖畔，建立了鄂城。此时，我似乎找到了湖北的简称与传说中的古鄂国之关联了。

初次见王卓，妥妥的，是雁北口音，问之，宁武人，毕业于大同医专。宁武人如何生活在乡宁，且又写出了《山居漫吟之鄂山心语》？却原来他是奔着爱情方向去的。“生命诚可贵，爱情价更高”也！

惊着我了，人往高处走，毕业分配时，即便到不了省城的大医院，也不至于从一个小县城再到另一个小县城吧？而且还是个小山城。但是，王卓就是这样的有情人，为爱真的就背井离乡，甚至为爱还“弃医从农”，继而成了乡宁县的农业专家。爱好文学，入魔诗词创作，成就《山居漫吟之鄂山心语》也是他情有所至。

我曾去过乡宁县，真的进了大山的怀抱，载着我们的汽车从山顶的百亩大垣往下行，到半截又直栽而下，便到了被明朝兵部尚书郑崇俭形象而吟的“南北无二里，东西一条川。人饮泉中水，牛耕山上田”的乡宁县城。

乡宁实在是太小了，但是，小小的世界给予诗人如此丰富的诗性感触，鄂山鄂水赋鄂情，诗人笔下开散花。

一本《山居漫吟之鄂山心语》初稿，让我翻腾了好多天，一种感觉油然而生，作品柔胜于刚，诗集的几个小标题分别是《凝香集》《听雨集》《守拙集》《霓裳集》，很难想象，有这么一位男性文人，将自己包裹在芳香浓郁、香气扑鼻的环境中，倚窗闭目听雨，甘自清寂……

是他吗？本身血气方刚之年龄，我想，人生不能总在高调之中，他一定遇到若干“被飘零”，花草和月色也就成了他一种积极的生活寄托。

在外乡落脚有一个漫长的过程，谋事的人闲不住自己的思维，他可以“开荒南野际，守拙归园田”啊，在山里买了三十亩地，开辟一果园，接宁武的父母来果园里过一段“采菊东篱下，悠然见南山”的生活，既孝敬了父母，又可以静心学习诗词。就是在那个时候，他开始捧读王力先生的《诗词格律》，逐步进入平平仄仄的境地，与山西诗词学会唐槐诗社的诗人们在网上有了交集，那是他诗词创作的开端。很快，加入中华诗词学会，在云端交流中，诗词创作的题材有了拓展，乃至于逮住了各种获奖的机会。第八届华鼎奖全国诗词大赛暨2016年文化传承百佳诗人论坛金奖，“金鸡杯”世界爱情诗歌大奖赛“情歌王子”，“诗词世界杯”第三届中华诗词大赛一等奖，荣获中华优秀诗人词家荣誉称号。大奖赛的档次和名次都早已突破鄂山鄂水鄂城，作品进入了CCTV-3诗词中国种子作品、《中国当代诗词大典》（第二卷）、《世纪诗典·中国优秀诗歌精品集》等。

又惊着我了，桃花源里真能出好诗，有情有义的好诗。

就在他的《凝香集》里，我也凝香了。因为他的果园里，四季飘香，飘出了桃花杏花梨花樱花石榴花李子花，梅花杜鹃花蝴蝶兰花玉兰花君子兰花，整个一个品种齐全的植物园，那当然要多多寄情了。寄情就是借花儿而予人，于是，我就更理解他为爱情的执着了，他舍弃一切追寻的爱人，在他眼里永远是玫瑰花，是他诗中的主角，（《情人节寄情》《情人节送老妻玫瑰》《苦恋》《题爱妻元旦晚会歌舞演出》《七夕节忆携妻游敦煌月牙泉有寄》《戏答老妻》）等明确为写给妻子的诗之外，《凝香集》里绝大多数都是情诗、情词。看得我都动情的诗句词句，诸如“依稀梦里眉颦貌，红豆颗颗惹夜思”“清清眸子魂牵我，花语嫣然入梦来”“相思一片两缠绵，呵手抚娇颜，呢喃燕语人醉，泪雨惹魂牵”“与君别后枕衾寒”“今宵月下，来年梦里，清泪谁揩”“一缕相思侬与共”等等，诗人总在寄情中，怎么那么多情话呢？

入他的《听雨集》，感觉他时时在修行。

他有一间可以静心的屋子，叫“听雨轩”，坐在这间屋里，听雨滴落屋檐，滴落窗边，也滴落他的心间。雨是能洗刷人心的，他倍加珍惜。一年四季，“听雨轩”里写人生。《望春》《夏游》《伤秋》，促成了他数首《坐禅》《听禅》《修行》，他要做个什么样的人呢？“半世寂寥客，心安仍少年”“闲写文章淡写愁，煮辞弄句乐悠悠”“红尘历尽沧桑事，轻步悠然向远方”。他也在听雨轩《思故乡》，“雁字秋来绝，新梅枝若铁。西风凋敝中，塞外一抔雪”，情在一抔雪中。

那么，《守拙集》又是指哪里呢？

进入事业和创作的成熟期，题材明显宽泛了。忙于乡宁县的农业生产和建设，在用武之地到来之时，写出了《冬季农建》《观摩万福特有机小麦基地兼寄刘兄郭仁》《乡宁县对外宣传的“五个一”有赋》等作品，而且对乡宁望族郑崇俭之后郑中午包荒山而开发的三千亩集文化、生态、健体于一身的“才子庄园”以诗赞赏。对任庄原村支书刘克明打造有机旱作杂粮基地，为纯农区发展集体经济和共同富裕闯出一条新路以词赞赏。对农业企业家“巾帼不逊须眉”工作有声有色的李金玉大姐以词赞赏。

而在这个时候，他的诗词创作也达到一个新的高度，频频获奖，也正是这个阶段。

《霓裳集》则是他的新诗了，积极乐观，如入花季，潋滟着一身花香。

一本《山居漫吟之鄂山心语》，是一位诗词作者的心路历程，起起伏伏太正常不过了，能将诗词创作作为他情感的输出点，既难能可贵，又宽阔无边。

我以拙笔祝贺王卓，期待他更成熟的下一部《山居漫吟之鄂山心语》。

写于 2023 年 6 月 19 日

刘小云，作家，中华诗词学会会员，山西诗词学会顾问、山西杏花诗社副社长

序

郑福祥

在“五位一体”总体布局和“四个全面”战略布局深度推进下，坚定文化自信的呼声一浪高过一浪的当今，诗词集《山居漫吟之鄂山心语》出版了。它无疑是涌入这一热浪中的一股洪流，投进乡宁文旅示范县建设这池春水中的一枚石子。这部新作的品位高低我不敢妄加评论，但它毕竟出自乡宁县诗词楹联协会理事、中原诗词研究会会员、山西省诗词学会会员、山西唐槐诗社社员乃至中华诗词学会会员和世界汉诗协会会员之手，想必不会让读者失望。

我和作者王卓相识已久，且印象颇深。王卓是忻州宁武人，医学院校毕业后，在那包分配的年代，很有可能在宁武、忻州甚至太原当个白衣天使，但为了爱情便同女朋友一道来到乡宁，并且愉快服从分配，到了县委农村工作部，伴随着机构改革又到了农业农村局。在那里，他磨砺以须，倍道而进，挑战用非所学和人地生疏，很快融入“三农”，成为专业型干部；在那里，他和大家一道闻鸡起舞，纵身改革，推进事业，发展自己，成为组织器重、群众拥护的骨干分子，入了党，提了干，担任了科长、副局长；在那里，他忙里偷闲，发挥了自己的爱好特长与禀赋，写下了一首首讴歌新时代新生活的诗词歌赋，在乡宁文化名流中崭露头角，在较大范围内被社会认可。他的作品集成以后，一心要我写个序。我却之，有伤文学新锐之心；受之，自己对诗词歌赋无甚研究知之不详。但权衡再三，二难之中我选择尽力而为予以鼓励。

“诗言志”。《诗经》的作者在关于作诗目的的叙述中就提出了这个观念，《左传·襄公二十七年》中的说法是“诗以言志”，《尚书·尧典》中记载：“诗言志，歌永言”，《庄子·天下篇》说：“诗以道志”，伟人毛泽东也有“诗言志”的题词。看来诗词歌赋的功能主要是明志抒情感怀。我认为，《山居漫吟之鄂山心语》较好地发挥了这一功能，每章每篇或直抒心志，或咏物言志，无不尽志，且都是爱国爱民之志、热爱祖国大好河山之志、追求美好生活和爱师友爱父母爱妻儿老小之志，表达了作者健康向上奋发作为的志向和情趣，给人以鼓舞和力量。比如：《广州学习有感吟》中“潮头学得强农策，绘我家乡烂漫篇”，爱农为农强农之心跃然纸上；《春意兼寄表弟》中“还青阡陌柳萌梢，精准扶贫战鼓敲。寄语天涯流落客，迎春舍外已含苞”，呼吁青年响应国家号召，返乡创业，实乃爱殷殷，情切切；《天仙子·古县三合牡丹》中“芳绽处，听谁诉？民富国昌花锦簇”，爱国爱民情意绵绵；《哀慈母》中“再奠娘亲香一炷，声声唢呐断人肠”，凄凄婉婉，令人动容。

话因通俗方传远，空间广阔之远，时间恒久之远。作者在明志抒情感怀之中采用的文学手法多种多样，多姿多彩，呈现出不同的艺术风格，而我更看好的是其通俗易懂，琅琅上口。因为诗歌原本就是用来唱和的。启功先生曾经说过，“唐诗是嚷出来的。”我的理解是诗歌要出之自在，一味自然。倘若隐晦艰涩，不仅读起来拗口，也难达其意；只有把深远的意境表述得高度凝练，明白如话，易懂好记，方可令人过目不忘，出口成诵，流传久远。王卓的诗就有这样的特点。比如：《切记初心——农田建设督导调研有感与各施工人员共勉》中“寄语操机手，牵情百姓家。扪心常自问，咱也是农娃”，《贺农民丰收节庆祝活动在新农合作社举行》中“锣鼓喧天歌盛世，农民抒意唱辉煌”，《哀悼岳母仙逝三周年》中“哀哀岳母旧坟旁，瓜果佳肴痛断肠。痴子天真频询问，如何寻得俺姥娘？”，《长相思•中秋寄儿女》中“山一程，水一程。黄鹤楼前月更明，回眸几度行。尽一觥，再一觥。沪上听闻凉意萦，已然秋色凝”，等等，在《山居漫吟之鄂山心语》中可以顺手拈来。

仁者见仁，智者见智。观山水景物如此，赏文章诗赋如此，看万事万物亦如此。以上乃我一孔之见，绝无强加于人之意。我觉得，所有说明都属徒劳，书的内容就是最好说明。相信每个读者都有能力分析鉴别，都能读有所得。也愿王卓下棋寻高手，弄斧到班门，对标对表，挑战自我，特色再造，竿头再进，为广大诗词爱好者奉献更多更好精品。是为序。

2023 年 6 月 26 日

（序者系乡宁县人民政府原副县长）

Contents
目录

凝香集

听雨集

守拙集

霓裳集

煦风集

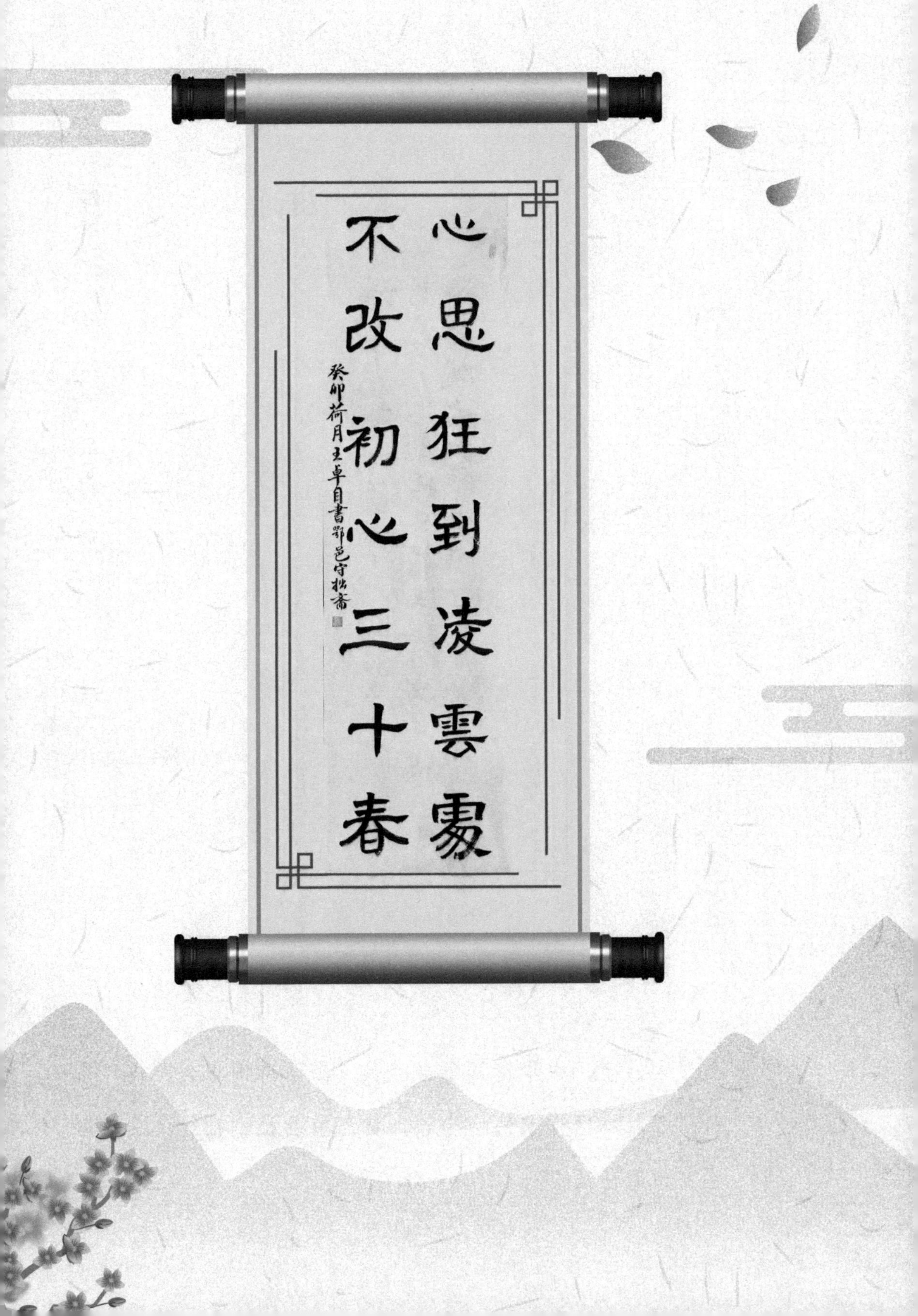
心思狂到凌雲霄
不改初心三十春
癸卯荷月王卓自書鄂邑守拙斋

常永生，中华诗词学会会员，山西诗词学会副会长，万柏林区作家协会会长，黄河散曲社副社长，山西唐槐诗社社长。

凝香集

题梨花（新韵）

疏影摇醒目，
缘何飞雪雾？
冰清着雅香，
神色群芳妒。

秋　荷

婷婷一茎荷，
孑立舞婆娑。
污淖难遮魅，
枯姿映靥酡。

闻女儿上海考研录取有寄

兰心小女儿，
不觉有新为。
多少痴情事，
鹏程捷报时。

题榴花

枝头烈焰焚，
沉醉织罗裙。
零落舞天际，
香飘旧日薰。

闻儿子高考录取有寄（新韵）

顽劣小儿郎，
忽然识墨香。
苦辛十几载，
金榜映珪璋。

踏雪寻梅

玉宇著寒梅，
馨香袭袭来。
风尘初邂逅，
一样染桃腮。

情人节送老妻玫瑰

2月14日，情人节，忽心血来潮送老妻一朵玫瑰，聊发少狂。今赏南飞雁先生七绝《情人节咏玫瑰》有感！借韵吟：

新枝嫩蕊舞霓虹，
艳色娇容相映红。
嗔怒老妻说怕刺，
闻香滴泪笑春风！

附南飞雁原玉：

《情人节咏玫瑰》

霓虹灯下面娇红，
嫩蕊含羞更不同。
惭退群芳三万里，
凭君著意笑春风。

原振华点评：

娇艳欲滴的玫瑰是爱情的象征，但凡女人都会喜欢，碍于价格，玫瑰并不是夫妻的寻常礼物。小诗抓取情人节作者聊发少年狂，偶送老妻玫瑰一朵之生活片段，全诗起承转合，一气呵成，婉转流畅，充满生活情趣，“闻香滴泪笑春风”托出一位勤俭持家“口是心非”的可亲可爱的妻子形象，一支小小的玫瑰，就能让妻子喜泪交加，女人需要哄，玫瑰买值得！

侃情人节打油一首（也和伊凡先生）

年年节至莫迟疑，
小蜜眉飞待此时。
手捧玫瑰寻浪漫，
殷勤大度胜于妻。

附伊凡原玉：

《情人节刺笔》

——打油一首和晋风《再侃情人节》

每临节至竞痴迷，
浪漫情怀共此时。
踏浪寻风蝴蝶恋，
双双出入似夫妻。

故乡春节老同学相会

归来霜满头，
卅二故园秋。
不屑耕耘苦，
依然秋水眸。

戏答老妻

梦中可得自由身？
无惮怀香看艳唇。
汩汩情思曾入夜，
一声狮吼九霄逡。

哀悼岳母仙逝周年

思岳母生前待我如生子，疼爱有加，宽严有度。愿老人家天堂里再无痛楚。

哀伤今又还，
郎婿泪潸然。
常梦身无痛，
香魂寄九天。

情人节寄情

相会以期再聚时，
为君欣赋竹枝词。
依稀梦里眉颦貌，
红豆颗颗惹夜思。

情人节（新韵）

愁肠殢酒更牵肠，
寂月凄风映碧窗。
阡陌红尘曾一梦，
残诗断赋解心殇。

情人节

心香一缕寄苍穹，
半阕新词醉靥红。
夜夜思君无尽处，
花开花谢梦玲珑。

情人节有寄

流年烟雨洗蹉跎，
难锁相思挽绿萝。
秋水哀哀空自怨，
无关风月忆婆娑。

柿树秋咏

几经风月舞消闲，
曾也相思醉梦间。
未约霜风痴落寞，
繁华凋敝缱残颜。

题君子兰

同学（幽兰飘香）盆栽君子兰花开，寄我照片，欣赏大悦，遂题之。

惜雨怜风月下陪，
浮尘除却悉心栽。
清清眸子魂牵我，
花语嫣然入梦来。

题玉兰花

凌风削玉旧相知，
雅淡轻盈束素姿。
孑影寻香今又至，
年年讪讪梦漪漪。

题桃花

灼灼纤枝蕊瓣嫣，
如脂若玉濯心泉。
怜花惜落箫笙寂，
惆怅流觞泼墨笺。

题李树初花

园栽一李树初长成，煦风之中开花三枚，甚喜！

嫩枝瘦干蕾三枚，
竟与梨花一处开。
雪絮拂风乘兴舞，
春情脉脉报春来。

题蝴蝶兰

一掬胭脂映碧台，
香薰蕙性有谁栽？
柔枝翩舞双飞起，
信有真情化蝶来。

附毛桃吟长：

和蝴蝶兰

花色蝴蝶染镜台，
翩翩起舞弃盆栽。
心知我意笑飞起，
蕊粉沾衣落手来。

尹建平吟长：

和蝴蝶兰

一串蝴蝶落玉台，
枝枝雅色满盆栽。
紫红袖舞如云起，
朵朵情思画意来。

题凤凰花兼次韵梁山樵夫、在水一方

凌风听雨为谁姣？
敛翠矜持扭细腰。
朵朵流霞吹絮语，
心花浴火漫天烧。

附梁山樵夫吟长原玉：

题凤凰花照

青庐交拜举眉娇，
唯念红颜问小腰。
莫道相邀悲白发，
丹心一片照天烧。

在水一方吟长原玉：

鹏城凤凰花咏

高楼林立凤凰娇，
南国明珠佩翠腰。
振翅腾飞三十载，
红霞烨烨九天烧。

题杏花

虬枝斑驳满花枝，
淡淡芳香缕缕丝。
一夜疾风红落处，
诗心朵朵有谁知？

题美人梅

流霞朵朵漫台垓，
嫩萼娇颜绽雪开。
访得清香眸送处，
笛横寻醉几来回。

题樱花

绮云锦簇几重重，
落雪飞英陌上行。
牵起春思春更短，
珞珈山下恨相逢。

题山花

阳春蝶舞素心呆，
络络繁星陌上开。
又是薰风轻拂面，
红尘缱绻梦中裁。

题三角梅

嫩黄浅绿悄然开，
摇曳晶莹妖娆胚。
轻蹙红颜愁落墨，
花香约我入诗来。

题杜鹃花

百般鲜艳舞红裳，
娇影玲珑暗问香。
秀色一枝常与我，
悄和西子话沧浪！

题白掌花

趁风摇玉舞妖娆，
鹤影娉婷佛焰燎。
一缕温柔除怠意，
微香解语梦琼瑶。

赏桃花有吟依韵和牡丹斋主

灼灼夭夭又一时，
故人新色且不知。
等闲焕得娇颜面，
悄送崔郎揽旧词。

附牡丹斋主原玉：

桃　花

烟霞喷火正当时，
三月桃花待故知。
色付佳人涂粉面，
悠香赠客润新词。

昙花夜开有吟

昙花者，月下美人也。多年生常绿灌木，茎直立，有分枝，开放时花筒下垂，花朵翘起，花纯白色，深夜而开一瞬间。然花的美，成就了绚烂的永恒。

（一）

回眸窥翡翠，
怯怯喜翩跹。
揉膝千千爱，
油然醉抚弦！

（二）（新韵）

落寞相思意，
花开有我怜。
一滴孤寂泪，
花落又一年。

古琴台咏叹

徘徊在古琴台，感受到的是一种心灵的冲击，以“高山流水”名满天下的古琴台，千古传诵的知音古曲仿佛就演绎在昨夜今晨。一曲《高山流水》便成了歌颂友谊、期盼相知相得最高境界的千古绝唱。

琴台寻古几徘徊，
浊酒低眉再一杯。
若是瑶弦今又抚，
清音缕缕有谁裁？

附老郝吟长原玉：

欣赏王郎古琴台咏叹

北雁南飞又几回？
骚人索句动情怀。
琴台虽老弦音在，
王郎得景谱当裁。

题仙客来

一抹绯红云一朵，
淡然可解心间锁？
慢摇月影醉苍穹，
难舍尘缘难度我！

寄　情

相思寥落风吹纸，
廊外梅花今旖旎。
望尽天涯雁字行，
一横一竖憨如你。

情人节有寄

一梦风华软语萌，
对窗新笋破空声。
心头纵有千般血，
素手痴情画不成。

中秋寄情

中秋节至，远隔千里和父母视频通话，共叙佳节，有记！

桂花摇曳菊花悠，
几许清香绕小楼。
一缕相思圆月夜，
残笺搓皱写乡愁。

中秋节寄儿女

月儿圆满已秋深，
点点乡愁万里吟。
难入毫端轩外雨，
天涯酒恶莫多斟！

中秋吟

新月秋分菊渐黄，
青山近日染初霜。
千家共向蟾宫望，
细语衣凉逐旧箱。

中秋节有寄

女儿远赴上海读研，中秋节至，思念且苦其连年攻读不易，寄言之！

由缘累世逐鹏程，
瑟瑟惊风叹梦笙。
寄语黄浦江上月，
只言康顺把云舭。

苦　恋

惊鸿一瞥竟相思，
瞳里纷飞五彩诗。
梦绕魂牵阡陌路，
红尘滴血一丝丝。

早春桃花节有寄

人若桃花入梦萦，
夭夭灼灼一生情。
凡心落血传穹碧，
三世红尘莫负卿。

原振华点评：

诗法讲究点题，此诗题为《早春桃花节有寄》，自然是因花忆人，语意双关，历来咏桃花之作，多以桃花喻美女，或以桃花之美烘托女子之美，借此寄寓某种特殊感受，抒写情思，然此作构思颇见新意，取“人面不知何处去”的反衬对比，以桃花的色喻赤心，喻坚贞，起句人若桃花正面描写点题，次句自然承接桃花的灼灼美丽牵情一生，第三句以桃花的色拓宽境界，并循此顺水推舟，落在结句的深远立意上，深情见于言外。品读该诗，让人生出对桃花如对远人之感，则其人真可思，其情真可羡，此诗真堪读矣！

题爱妻元旦晚会歌舞演出

翠袖缬晕玉指葩，
翩跹星袂掩琼花。
香秾魂醉天仙子，
原是吾家俏老婆。

游园踏春

姹紫嫣红香漫丘，
花如胭色惹卿羞。
欲将心事折枝诉，
又恐一双秋水眸。

望江南

罗绮繁花皆旖旎，
新黄枇杷青梅子。
江南烟雨半尘春，
等我胭脂还等你。

灵隐寺祈愿

来世还求一次缘，
与君邂逅并双肩。
轮回莫忘西湖景，
烟雨阑珊忆旧妍。

端午节寄友人

塞上风馨望楚天，
荷包香艳素心编。
悄言寄语天涯客，
赛罢龙舟再比肩。

云丘山塔尔坡古村落首届农民丰收节有寄

云丘绰约展琼妍，
村落幽然杳霭烟。
鼎沸人喧群舞庆，
琳琅满目乐翩跹。

贺农民丰收节庆祝活动在新农合作社举行

秋风绘墨谱新章，
果艳梨鲜众口香。
锣鼓喧天歌盛世，
农民抒意唱辉煌。

七夕节忆携妻游敦煌月牙泉有寄

常羡鸳鸯又慕仙，
御风去访月牙泉。
鸣沙润厚飞黄雨，
泉月流光韵紫烟。
数座尘峰怡草性，
一泓清水漫心弦。
沧桑坎坎回眸淡，
再许来生五百年。

哀悼岳母仙逝三周年

一双儿女由岳母不辞辛劳带大，可惜岳母六十岁竟因疾仙逝。三周年日祭奠，儿子年幼懵懂，依旧坟旁询问，惹得众人心痛难解，肝肠寸断。

哀哀岳母旧坟旁，
瓜果佳肴痛断肠。
痴子天真频询问，
如何寻得俺姥娘？

告慰岳母

一双儿女由岳母不辞辛劳带大，可惜岳母六十岁竟因疾仙逝，没能亲眼看到至亲的外孙子女学业有成。今收到儿女录取通知书，焚香而告慰岳母。

萱茂山高思泰水，
断肠哀婿泪涟涟。
焚香告慰九天上，
学有功成尽考研。

雨访雁丘有寄

微雨濛濛访雁丘，
“问情”句句荡心愁。
荒台呵抚飞思绪，
幽径深行忆好逑。
脉脉今生眉画黛，
顰顰前世眼凝眸？
怜君彼岸千年苦，
弱水惊天取一瓯！

附元好问：

迈陂塘·雁丘词（摸鱼儿）

问世间、情是何物，直教生死相许。天南地北双飞客，老翅几回寒暑。欢乐趣，离别苦，就中更有痴儿女。君应有语，渺万里层云，千山暮雪，只影向谁去。

横汾路，寂寞当年箫鼓，荒烟依旧平楚。招魂楚些何嗟及，山鬼暗啼风雨。天也妒，未信与，莺儿燕子俱黄土。千秋万古，为留待骚人，狂歌痛饮，来访雁丘处。

诉衷情·相思一片两缠绵

相思一片两缠绵，呵手抚娇颜，呢喃燕语人醉，泪雨惹魂牵。唇绛点，舞蹁跹，几时欢？而今别后，紫陌花红，绿水新莲。

阮郎归·潇湘烟雨叹飘零

潇湘烟雨叹飘零，相思涂画屏。缠绵一曲舞娉婷，卿卿软语嘤。堤岸柳，水心亭，殷勤抚古筝。闲愁两处问峥嵘，天涯泪落英。

踏莎行·多情月送相思怨

秋雨双莲，春风侣燕，多情月送相思怨。与君别后枕衾寒，红妆暮晚殷殷盼。

蹙皱蛾眉，婆娑泪眼，玉容憔悴扶栏叹。且将愁绪付花笺，依然缱绻时时赧。

眼儿媚·访梅思怀

飘絮疏风笼孤台，轩外暗香来。琼枝影媚，金绡姿俏，恣意寒开。

花愁攘扰空惆怅，别语久萦怀。今宵月下，来年梦里，清泪谁揩？

喝火令·怀情

邂逅瓜洲渡，相逢十里亭。摄魂心曲一声声！依旧断肠琴在，空叫寄深情。

月下离人泪，怀中软语嘤。浅吟低唱舞娉婷。不解风情，不解雨霖铃，不解画堂春煦。瑟瑟又孤行。

喝火令·遥寄

翰墨相思泪，花笺锦字言。醉心裁剪寄谁边？酥手抚弦惊梦，眉蹙恨星残。

雁阵南飞远，梅香北沁轩。寂寥难奈五更寒。一任情痴，一任梦魂牵，一任苦春宵短。浅语付青烟。

临江仙·冬至感怀

一抹冬阳天尚暖，匆匆节至年端。兄呼妹唤意绵绵，“今儿饺子！对饮六杯还？”

远来客送清香梦，风寒莫念魂牵。回眸酸涩阅流年，几多心絮，煮酒绘新笺。

江城子·梦里残诗对红妆

梦里残诗对红妆。菊花黄。秋海棠。影瘦霜鬓，多看易怀伤。滚滚红尘三万丈，卿不负，怯思量。

一剪梅·访梅

阡陌寒梅独自香。携酒拈花，轻步徜徉。
虬枝斜过掩芬芳，历了红尘，谢了春光。
瓣瓣落红肆意狂。憔悴谁怜，缱绻愁肠。
悄言窃问几时长，花也成霜，情也成伤。

行香子·望断春江数青萍

柳絮杨花，水绿澜轻。新月残酒懒人形。玲珑妩媚，唇艳眉琼。却不能望，不能念，不能迎。

粉笺心字，相思杜宇。望断春江数青萍。涟漪一阵，梦里嘤咛。暂且随风，且随雨，且随觥。

临江仙·晚亭十里轻烟雨

晚亭十里轻烟雨，流连碧水清风。数颗红豆赖重逢。一夕花梦里，一夜月轮中。

最伤无语杯中酒，青衫红袖芳菲。相思新柳系于谁？待了秋景，携手掩柴扉。

蝶恋花·烟花三月下扬州

独上西园寻紫凤。微雨楼台，偎看江风涌。二十四桥空炫弄。瑶琴一曲扬州梦。

一缕相思依与共。归雁声哀，蝶舞翩跹动。憔悴红颜愁莫恸。伤怀何必长心痛。

南歌子·故人宴

杏花沾衣雨，新杨拂袂风，通幽曲径馥香空，乱眼花红柳绿，故园东。

劝饮家乡酒，欢欣为再逢，十年别后话初衷，扶醉慢摇轻舞，旧时容。

鹧鸪天·为君三赋鹧鸪天

柳绿鹅黄三月颜，为君新赋鹧鸪天。
一根紫笛启唇语，几缕青烟撷陌田。
山色黛、水声潺，百般哀怨怨红笺。
拔云煮酒醺栏眺，忘却愁情多少年。

映日池塘细数莲，为君再赋鹧鸪天。
烟波魅影连天碧，嫩蕊新枝绊小舷。
委婉曲、奈何天，无瑕惊艳俏容妍。
来生若问今生事，南海听禅五百年。

金菊芬芳桂角鲜，为君三赋鹧鸪天。
幽香轻伴秋茶味，新果争来过客涎。
油纸伞、水云间，竹风梅雨卷疏笺。
情歌曼舞岚山远，惜有今生一百年。

长相思·为谁终日痴

长相思。莫相思。思起缠绵梦里眉。廊台乳燕飞。
雨凄凄。风凄凄。暮雨潇潇红落悲。为谁终日痴。

菩萨蛮·踏春有寄

雨薇新霁开扃牖。嫩枝柔草娇莺瘦。春色恨难留，尘缘孤客惆。
赧牵酥素手。羞付灞桥柳。诗酒上心头，一愁又一愁。

长相思·中秋寄儿女

中秋节至，女从上海、儿从武汉发来微信，祝福中秋节快乐，思念有寄！

山一程，水一程。黄鹤楼前月更明，回眸几度行。
尽一觥，再一觥。沪上听闻凉意萦，已然秋色凝。

孙爱晶简评：

中秋佳节，一双儿女均不在身边。父母之心，思念之情，寥寥数语，跃然纸上，填《长相思》词牌也很契合心境。

添声杨柳枝·一帘幽梦有谁知

映日春光轩外西，草萋萋。晓莺自在转檐啼，韵依依。
藕臂霓裳轻展舞，脉漪漪。一帘幽梦有谁知，自痴痴。

春日山居·春思寄友人

陌上和风荡柳笛，桃花杏蕊竞相依。
梅妆着意酌新韵，柔骨燃情忆旧漪。
晨赏青山飞美景，暮听碧水唱春漪。
翩翩春色随心至，点点相思暗自凄。

附南枝先生原玉：

春思

又见春风上柳枝，鹅黄吐出碧相思。
那年岸别红酥手，今夕城飞黛蛾眉。
老燕村头寻旧影，雏蜂谷外嘬幽池。
桃花也解青山意，乱点绯云逐小漪。

师森田，乡宁县老年书画家协会主席，乡宁县诗词楹联协会主席。

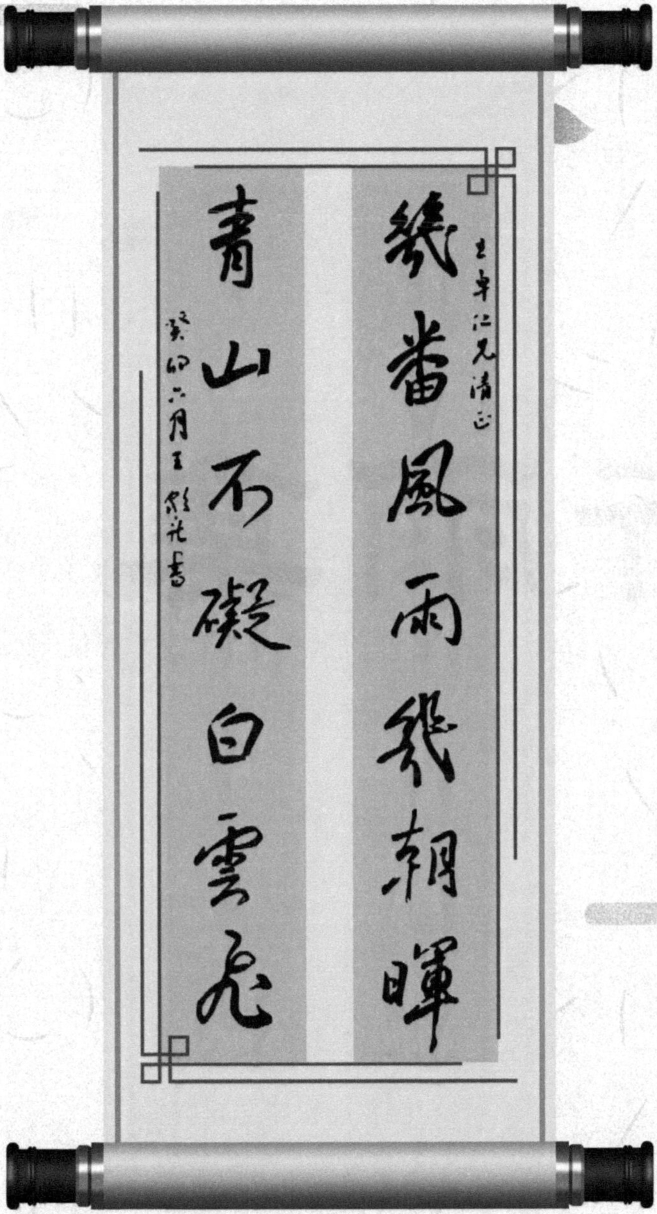

王彩龙，中国书法家协会会员，临汾市美术家协会副主席，临汾市书法家协会主席团委员，乡宁县书法家协会副主席，乡宁县美术家协会主席。

听雨集

闲　笔

轩外寒梅著，
清香半夜来。
文章千古在，
寥落上楼台。

春　愁

杏雨戏青衣，
行人陌上稀。
已然花落泪，
何处寻紫薇？

春　日

戏水泛兰舸，
娇莺剪影歌。
倚君怀旧事，
执手笑红酡。

塔尔寺有寄

香烟缭绕笼莲台，
佛鼓悠悠一念开。
因有相思曾邂逅，
经筒再转约轮回。

孙爱晶简评：

好男儿亦不乏小儿女情态，“经筒再转约轮回”婉约有致，余音在耳。

不惑年感怀

云飞风卷看朝霞，
依旧山青鬓却华。
意气书生犹应在，
也藏日月漫山涯。

孙爱晶简评：

任“云飞风卷”，青山依旧，不惑之年，华发早生，唯书生意气犹在，壮怀不已，如此情怀可赞！

春　游

遥指嶂嵯峨，
岚烟日月梭。
流年觚一曲，
扬袂尽婆娑。

踏　春

莺歌蝶舞纷，
翠袖笼花薰。
执子寻春影，
新愁半是君。

夏　游

丽日草萋萋，
娇妆着彩衣。
迷离揖晚月，
心语赋西堤。

伤　秋

侣燕绕梁欢，
鸣蝉挂树干。
花残莺老去，
不敢醉凭栏。

哀春（新韵）

花落草萋萋，
寻情莫叹息。
香衰春色晚，
依旧笼缁衣。

修　行

秋风冬意寒，
煮茗论旃檀。
跋涉卅十载，
尘缘一瓢箪。

修　行

尘事酿成酒，
杯杯饮独孤。
花魂牵月影，
寄往故乡姝。

坐　禅

惆怅籍词贫，
尘缘落苦辛。
檀香新煮茗，
嗔恼有前因。

偶聚（新韵）

惆怅举霞觥，
蹉跎又一程。
惜别花月夜，
何日再相逢？

听　禅

尝得殇中苦，
才知世态凉。
随缘聊聚散，
正道是沧桑。

思故乡

雁字秋来绝，
新梅枝若铁。
西风凋敝中，
塞外一抔雪。

修　行

惆怅叹平生，
孤轩独夜明。
尘缘需几度？
无奈过潆泓。

初学书法有寄

平横直竖腕儿轻，
笔软汁新肝胆惊。
偷与墨花斟个酒，
杯杯朵朵尽思卿。

雪日山居寄友人

漫天飞絮下瑶台，
犬闹喧嚣暗自呆。
任我风流闲意至，
黄昏寂寞有谁来？

暖冬杏园行

游值暖冬，气温有平常年景的早春时节高！

闲情撷韵杏花林，
醉卧听风尽兴吟。
妩媚虬枝芽竟怒，
春来雨润树生金。

秋　色

烟雨杳嵯峨，
柔光漫绿波。
露寒侵白月，
红叶话蹉跎。

自　题

无聊拂柳弦，
淋墨画花笺。
半世寂寥客，
心安仍少年。

孙爱晶简评：

标题《自题》，当是写诗人自己的际遇或性情。“半世寂寥客”，诗人经历可窥一斑；“心安仍少年”妙句，显现诗人随性乐观之性情。

春日听禅

青山点点春，
疏雨一帘新。
醇酒经尘世，
知音慰白身。
燃香皆缈缈，
敲木若粼粼。
问佛虔无语，
心思过客巡。

初学古琴有寄

振索鸣铃且打圆，
风前鹤舞半轮前。
几声勾撮不成曲，
一缕清愁尽赋弦。

注：振索鸣铃、打圆、风前鹤舞、半轮、勾、撮均为古琴技法。

寄情（新韵）

慵醒懒扶栏，
尘缘邂逅难。
空山思朔北，
梅雨忆江南。
酥手双娇嫩，
青丝并蒂莲。
茗新常入梦，
与尔共长天。

秋日思乡（新韵）

家乡似故乡，
秋水掩眸长。
烟柳斜飞瀑，
青衫正冽霜。
林疏笛外娆，
篱细桂中香。
日渐青春老，
心伤湮酒殇。

写意张掖丹霞地貌

为观奇景色，
披雨赴甘州。
丹渥云形淡，
霞明画影稠。
刀山千仞仞，
火海万幽幽。
百里巡仙境，
流连醉眼眸。

咏荷兼纪念周公敦颐先生诞辰1000周年（新韵）

玉立舞婆娑，
濯泥品不浊。
蜻蜓拂菡萏，
杨柳捋香波。
潇水田田曲，
濂溪赫赫歌。
世间君子雅，
因有爱莲说。

不惑年感怀

行云流水好文章，
作赋吟诗醉卧堂。
笑问身腰值几许？
可如一夜女娇娘！

荷塘月色

烟雨朦胧醉赏花，
枝摇流影伴鸣蛙。
纤姿凝水拈琴瑟，
一曲情歌到我家。

荷塘月色

波光潋滟柳丝长，
玉骨婷婷满蕊香。
疏影翩翩飞粉靥，
我心似月醉潇湘。

春　雨

风雨柔扬若羽纱，
春山淡绿染新芽。
玉樽独对微醺处，
窃请东君更护花。

午后待客

半日浮闲半日忙，
茗茶清酒话家常。
殷勤劝客慵慵散，
淡淡离愁暗自伤。

赴黄河三峡有吟

百里驱车疾若风，
河山望眼雾朦胧。
呼朋引伴多闲逸，
直向苍茫访共工。

黄河三峡之桃花山庄

桃花秀色清如许，
摇落凌空飞渡语。
旧约芳菲此处新，
胭脂一捧浮思绪。

黄河三峡之孟良水寨

孟良寨上访孟良，
风雨三关几沧桑？
感慨尘烟参未透，
旧痕多少起彷徨！

黄河三峡之登高远眺有吟

烟波浩淼舞涟漪，
叠嶂青峦着翠缁，
惬意悄然言旖旎，
山光水色各离离。

题芳林碧鸿图

悠然碧水绿丛丛，
几点霜枫一抹红。
梦里萦怀谁解意，
禅心静悟谢秋风。

春日思怀

新酒摇香醉访梅，
一吟一步久徘徊。
多情最是无情客，
点点胭红落玉杯。

上元节寄情

柳梢挂月笼霏微，
娇靥罗敷赧色绯。
绚烂烟花频扰梦，
惹添惆怅理缁衣。

踏春有寄

漫舞新鸢柳色青，
桃花深处影伶仃。
莫言几许红尘泪，
洒尽相思十里亭。

寄春有吟

轩外轻烟阁内弦，
花前疏影忆缠绵。
锦书落墨情千缕，
鬓发搔霜绣粉笺。

登太行山崖顶有感口占（新韵）

绝顶凌风上党行，
危崖伸手可摘星。
身披断雁千重翼，
越我乡关万幢峰。

伤　村

葳蕤陌上尽葱茏，
馥郁花香四五蓬。
栏外新桃娇色艳，
僮儿难有缬桃绒。

望　春

新燕翩翩剪翅忙，
一蓑烟雨显苍茫。
风光青岫绿遥远，
花色田畴映日长。

闲　笔

闲写文章淡写愁，
煮辞弄句乐悠悠。
凡尘看透三千载，
往世今生莫冷眸。

闲　笔

浮生惆怅费思量，
月冷轩廊瘦影长。
笔墨诗心羞语噎，
花笺无赖对花墙。

望　春

杏白桃红嫩柳枝，
相思欲赋竹枝词。
情长写到词穷处，
且饮三杯解蹙眉。

自　题

流年不语自匆忙，
搔首莹莹泼墨章。
历历红尘能酿酒，
清醇薄厚也轻狂。

冬月诗友小酌

月冷枝枯万物哀，
围炉温酒进三杯。
为谁写尽相思句，
且待春来又一梅。

修　行

清香孤影竹青枝，
一案风霜一岁痴。
残赋嘤咛三两句，
尘缘一世尽荼蘼。

慰　己

春赖花开秋赖霜，
夏嫌雨碎厌冬长。
相思莫怨云遮月，
诗酒一觥又一章。

听　禅

一抹秋眸一朵莲，
一池皱水意涟涟。
尘缘一缕成璎珞，
一捧新霜又一年。

观新竹

煦风剑叶两相摇，
清影新黄次第潮。
脆嫩娇身萌峻节，
拎来香墨细端描。

寄　情

一壶两盏怯清欢，
一片冰心半句残。
一缕情思卿莫诉，
一夕烟雨望江南。

寄　情

勤耕墨海绘峥嵘，
牵挂尘缘片片情。
睥睨虚名轻薄宴，
痴心一阙寄平生。

听　雨

微风斜柳两缠绵，
滴沥悠然朵朵涟。
新茗禅香真静谧，
尘缘历尽似经年。

思　乡

远郭春山黛色森，
来兮归去泪沾襟。
半生一梦萦桑梓，
秋水潺潺过客心。

慰 己

独影孤轩夜未央，
几人怜我一身伤。
红尘历尽沧桑事，
轻步悠然向远方。

修行（新韵）

羞语柔情酣醉颜，
三生石上有前缘。
轮回因果红绳系，
与尔结庐云水间。

闻二胡曲《痴情冢》

溶溶淡月落西厢，
孤影茕茕绘霓裳。
难有痴情谁可懂？
二胡一曲诉悲凉。

农家春早依韵白居易《钱塘湖春行》

啾啾雁阵迎春时，
雪裹田园嫩草低。
春早人勤绘锦绣，
铁牛浩浩锄冰泥。
惠农政策连年至，
黎庶含情自奋蹄。
励志和谐济困民，
新村矗立繁花堤。

春　韵

柳絮杨花漫舞天，
鹅黄粉黛竞相妍。
山着碧绿舒姿秀，
水弄清漪理媚涟。
旧燕呢喃频剪翅，
新花吐蕊尽蹁跹。
红颜有韵香盈手，
心醉春风绣素笺。

普救寺有感

驱车百里访西厢，
景慕沉沉喜欲狂。
普救蟾声敲锦石，
梨花蕊韵赏姣妆。
溶溶月下思奇女，
淡淡风中忆俏娘。
夜半翻墙年少事，
张生无奈也曾藏。

注：普救蟾声、梨花深院是普救寺的八景其二。

春意兼寄表弟

表弟年轻曾不屑留在乡村创业，在外闯荡务工多年。有感于家乡近年扶贫开发致富奔小康的变化，农业产业逐年发展，有思归之心，故有寄！

还青阡陌柳萌梢，
精准扶贫战鼓敲。
寄语天涯流落客，
迎春舍外已含苞。

秋日云丘山

云丘秀色抹秋妆，
云淡天高放眼量。
皇顶枫寒欣舞袂，
天门菊怒傲清霜。
五龙沐雨聆新语，
八宝迎风换倩装。
留恋仙山飞醉靥，
频频妙句撞心房！

注：玉皇顶，一、二、三天门，五龙宫，八宝宫为云丘山几个著名景点。

少年游·晨登鄂山关（新韵）

鄂山关位于乡宁县西北部，地处戎子酒庄千亩酿酒葡萄种植基地中，附近有东廒、西廒、龙鼻等新农村示范村以及戎子酒庄文旅产业区。

鄂山关下绿茫茫，四野慢徜徉。青果初展，嫩芽新蔓，隔夜酒还香。

怯拢衣袖轻弄墨，浅影掩疏窗。笺短情长，凤凰台上，何处寄琳琅。

观壶口桃花汛寄友人

三月桃红馥郁天，
青峦染靥惹人怜。
岸屏残雪存冰韵，
水借新风荡汛澜。
朵朵流花飞妩媚，
翩翩烟瀑入蓝笺。
心随秀色耽耽处，
耳枕河声不忍眠！

春日云丘山

岚烟袅绕澹清姿，
花被霓裳妩媚时。
云若羽纱轻曼妙，
山如青黛色新奇。
层峦翠浪连天涌，
村鹊鸣琴满树啼。
心绪一怀谁可诉？
风情万种笔能知！

鹳雀楼有吟

鹳影湖旁鹤舞娉，
名楼高耸惹人惊。
凭栏暮望秦山雪，
扶椅晨听晋水声。
斯语斯人千古句，
一山一水万年容。
江山极目沉吟处，
我亦登高唱大风！

春　逝

花凋树碧易新条，
雾障苍山雨幕遥。
痴骨娇槐盈素泪，
妍皮俏柳舞纤腰。
春愁点点随风瘦，
淡墨戋戋刻意憔。
落魄寻香香依旧，
伤怀纸上空寂寥！

听禅问缘

花谢香消愁暮春，
观云听雨嫩枝新。
轮回尚且一枚字，
看透红尘有几人？

游西厢而感

峨嵋塬里看风流，
古刹森森梵语悠。
仰塔迷离寻旧梦，
俯身缥缈洗新愁。
三生石上曾盟誓？
一世缘中竟效尤！
多少后人新故事，
西厢演绎遍神州。

玉楼春·春行农家庄园步韵宋祁《东城渐觉风光好》

南湖村肆晴空好，引伴早春齐荡棹。恐惊鱼跃桨拍轻，痴看园中春燕闹。

农逢盛世闲暇少，际遇华年欢喜笑。酒浊劝客醉斜阳，夜半新村观景照。

唐多令·登黄鹤楼有吟

九年间三登黄鹤楼，凭栏龟蛇对峙，晴川阁老，大江远去，斯楼永在，心境与风景各不同。

柳黛月含尘，暮烟摇酒新。九华年，又蕴韬湮。意气书生温旧赋，风雨厚、几殷勤。

何以抿嗔瞋，醇香别样醺。觅晚春，难付荃荪。望断江城思梦远，凭栏处、且耕耘。

渔歌子·黄河三峡

又是徜徉细雨间，悠然流水旧时颜。青草地、碧云天。吟囊累累揽琴弦。

菩萨蛮·写意嘉峪关

祁连望断苍茫雪，濑河映照蹉跎月。独自抚关楼，倚栏稽古愁。

金樽斟玉酒，再寄灞桥柳。行处尽芳菲，客来不忍回。

天仙子·古县三合牡丹

碧水晶莹飞柳絮，国色天香春竟舞。神魂浴火傲仙姝，黄皙露，紫初怒，蕊似点金纤瓣素。

泼墨丹青颜色疏，半醉扶栏欣作赋。幽香袅袅沁馨舒，芳绽处，听谁诉？民富国昌花锦簇！

水调歌头·黄河三峡

羞语来程缓，且上故人船。碧波望尽斜日，把酒醉扶栏。欲向天边飞渡，展翼重霄颠处，一振可心宽。万壑叠雄嶂，色彩若千般。

残阳暖，风尘远，满心欢。汤汤看惯，烟雨莫负寡情颜。竖耳细听水语，携手轻言山悟，惬意逐流年。情寄山和水，翰墨赋新笺。

太常引·中秋近

草枯叶落近清秋，霜月唱风流。窗外菊娇柔，竟胜似春光醉眸。

愁肠殢酒，相思何处？怅望月回头。落寞未绸缪，怎堪若黄花郁悠！

如梦令·雪中即景

新雪后，朋友圈中帅男靓女争相戏雪，溜滑车、堆雪人，童心不老，感而有作小令一阕以记。

轻舞飞琼雾罩。古道峰峦窈窕。童趣品冰心，妩媚雪新未糙。别闹！别闹！惊得靥红声俏。

南乡一剪梅·望远

原上草萋萋。嫩柳鹅黄染小溪。怒马鲜衣天杳远，思也凝眉，望也凝眉。

携手醉同归。仗剑江湖莫念兹。纵是芳华些许老，柔也传奇，刚也传奇。

浪淘沙·黄河三峡有吟

顾盼水云间，幽谷青峦。神工鬼斧叠千磐。九曲十湾三百里，着意蹁跹。

偷得半时闲，挥手云牵。清辉借些洗尘烟。掸净经年艰与苦，不解征鞍。

附郝金樑吟长：

抽和乡人王卓局长《浪淘沙》

一览隔屏间，可见高峦，珠词玉唾竟磐磐。唐宋元明清又是，笔底翩跹。
也叹不身闲，雅韵魂牵，边关冷月古狼烟。多少功名尘与土，谁见金鞍？

卜算子·踏雪寄情

2018 年元旦刚过，一场久违的瑞雪如约而来，甚喜！

夜雪舞蹁跹，晨起山深杳，怀旧清狂踏雪来，缥缈呼声绕。
覆我鬓中霜，还我儿时笑，谁约心思不得归，半阕梅花俏。

清平乐·游太行大峡谷

奇山秀水，风也妆柔媚。百里太行摇翡翠，仙境人间心醉。

丝雨恨展尘衣，崖外轻落涟漪。最是诗情如絮，凭栏翻唱新词。

醉花间·寻春

迎芳草。掩芳草。芳草逍遥俏。新暖绿初呈，雪絮黄莺闹。

枝头玉兰皎，春意蘅芜绕。随风且从容，莫愧年华好。

画堂春·春懒

近山含黛远山岚。潺潺瀑水深潭。闹枝新鹊腊梅毵。绮梦安恬。

眸远氤氲如雾，随风寥落琼簪。缘何懒得拾妆奁。望断鱼函。

巫山一段云·烟雨含春意

烟雨含春意，欢吟《鹊踏枝》。柳腰玉骨一时时。秀色也荼蘼。

幽梦青丝里，轻愁满碧衣。莺声飘落旧时溪。羞语话相思。

注：《鹊踏枝》词牌名，又名《蝶恋花》。

捣练子·秋日无趣

青玉案，少年眸。微雨缠绵轻荡舟。
孤影残歌相不厌，数声摇落几多愁。

长相思·无题

小轩窗。冷轩窗。窗外清风弄影长。朦胧落月黄。
半庭芳。满庭芳。独自徘徊天到凉。墨笺书旧章。

七夕乞巧有吟

蔓蔓葡丝架下廊，
柔荑绕指碗中芒。
三生刻石能铭骨，
一世成埃可断肠。
梦入蟾宫生色靥，
醒来蒲柳拂霓裳。
悄言稽首望桥鹊，
解雨听风恨水长。

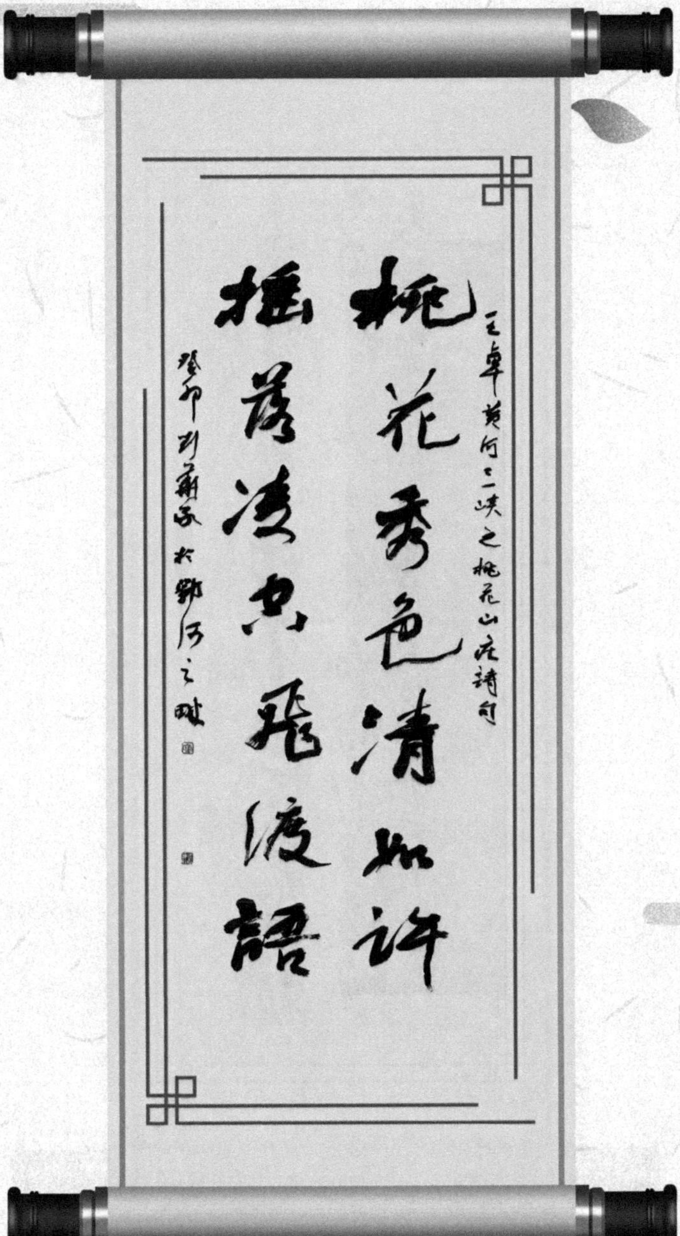

刘华承，山西省书法家协会会员，山西省青年书法家协会理事，临汾市书协行书委员会委员，乡宁县书法家协会常务副主席。

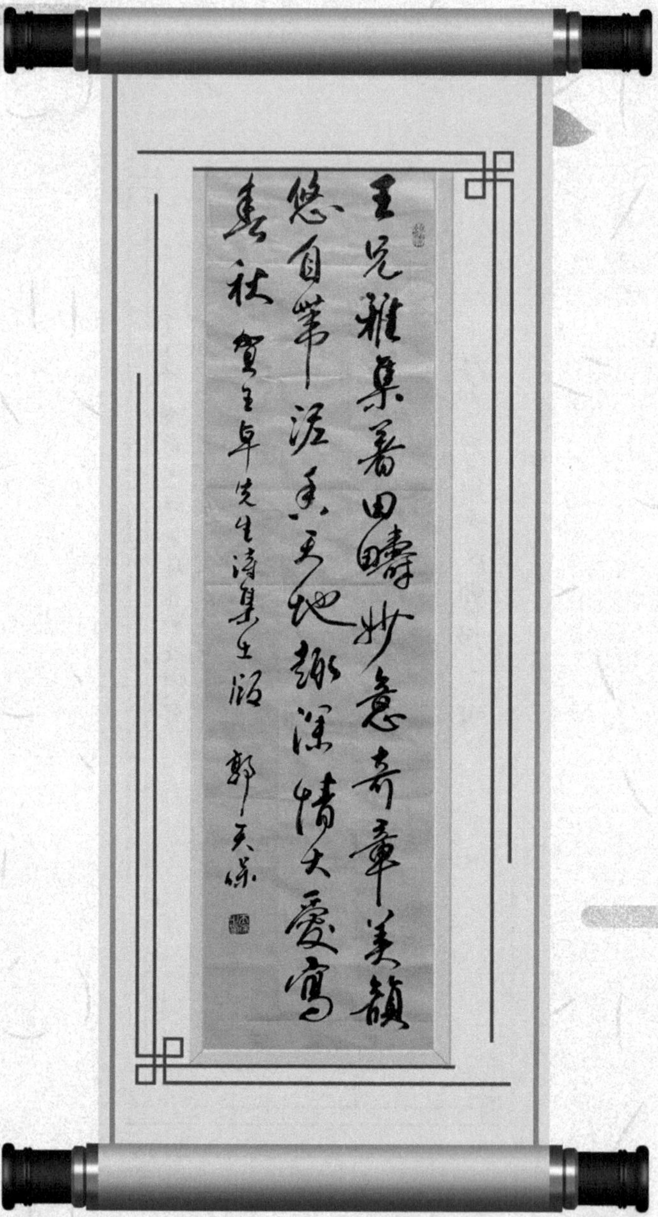

郭天保，中华诗词学会会员，山西诗词学会会员，万柏林区楹联协会会长，书法家协会副会长，山西唐槐诗社副社长。

守拙集

风雪日农建停工

朔月雪遮眸，
浑然天地幽。
青丝霜晶挂，
叫我上心愁。

感梁山樵夫邀入难老泉诗词论坛

浮云野鹤意悠悠，
秋果春花喜上头。
忽闻师兄传尺素，
闲牛鞭赶自寻愁。

孙爱晶简评：

本是闲云野鹤，种瓜侍果自在人，却被“师兄”“尺素”引诱，“闲牛鞭赶自寻愁”，偏这个“愁”字，意味多多。

清明节

岚墨好春光，
思乡淡酒凉。
素花燃放处，
入梦念高堂。

送刘兄磊峰

明镜存心自整衣，
不言桃李下成蹊。
热肠坦荡树人品，
何忌蛤蟆屋外呢？

孙爱晶简评：

“何忌蛤蟆屋外呢？”此句真乃妙趣横生，隐喻耐人寻味。

乡宁建设新城有寄（新韵）

古鄂起东城，
群楼画纵横。
山青浃水秀，
新韵孕欣荣。

腊八节感怀（新韵）

伏案辛劳事不休，
卅八未过鬓霜留。
哪如自己三分地，
任我耕耘潇洒游。

孙爱晶简评：

但凡喜欢舞文弄墨之人都晓得“伏案辛劳”之苦，苦虽苦，偏是欲罢不能。后两句“哪如自己三分地，任我耕耘潇洒游”，我想，不过是作者自我调侃而已。

切记初心——农田建设督导调研有感与各施工人员共勉

乍暖冷泥靴，
辛劳日月斜。
远田连野嶂，
良陌拂犁车。
寄语操机手，
牵情百姓家。
扪心常自问，
咱也是农娃。

原振华点评：

该诗写督导农田建设的所见所感，从“冷泥靴”到“日月斜”体现劳动者的辛劳，从“远田”到“良陌”表明一天辛劳的成果，从“操机手”透露出新时代风貌，尤其尾句以我作结，真切感人。全诗明白晓畅、通俗易懂，且以口语、日常语入诗，当属新田园诗。

孙爱晶简评：

尾联“扪心常自问，咱也是农娃”，也许是不经意间，作者最朴素的忧民情怀尽在字里行间。

山景（新韵）

满目山花秀草青，
蝉蛙琴瑟竞相鸣。
雨晴天际飞虹路，
域外新诗赋满程。

本命年有感（新韵）

志踏千里想家多，
霜鬓纠结嗟事蹉。
不寂北山凭望月，
豪情天宇响新锣。

果园随想

诗人雅兴弄惆怅，
欢乐村夫待暑凉。
瓜果满园真个艳，
香薰扑面味悠长。

寄刘兄磊峰

相交莫论年龄长，
孤诣婆心坦荡商。
千里心忧新果艳，
欢欣画饼与君香。

中秋致友人（新韵）

前世缘由今世情，
依稀梦里自独行。
一汪思绪望蟾桂，
惟愿欢欣俱兴宁。

淫雨（新韵）

秋雨霏霏昼夜酣，
萧萧万木路粘连。
农家望眼盼风起，
身被皮衣候旭天。

秋日寄友人

檐前雨沥被衾寒，
绿绮蝉蛙为己弹。
香果熏人谁不醉，
天涯寄语雁儿单。

冬日寄友人（新韵）

柏寒槐淡盼新晨，
欲雪腊天漫舞云。
园地苍茫织蜀锦，
僻乡自铸小乾坤。

淫雨（新韵）

阴雨连天愁煞人，
关门闭户意闷沉。
闲暇心绪寄千里，
邀客轻斟醉洗尘。

霁　雪

春色秋风轮季替，
自酌斗酒听童俚。
漫天缥缈腊梅新，
卧看山前飞蝶戏。

雪霁寄友人（新韵）

居久喧嚣寻静寂，
自家世外一天地。
来年茵草发花时，
兄嫂逍遥观猫戏。

春节拜望恩师（新韵）

隔帘询问闹童心，
温酒轻酌论古今。
挥手向别常保重，
低头抹泪又沾巾。

哀慈母

萱堂驾鹤子哀殇，
缟素凄幡挽语长。
再奠娘亲香一炷，
声声唢呐断人肠！

孙爱晶简评：

《哀慈母》《清明节因疫情网上祭母》，两首小绝“断人肠”“泪水涟”，凄凄婉婉，读来令人动容。

守拙斋闲吟兼答好友

一事无成君莫笑，
半生辛苦为黎民。
心思狂到凌云处，
不改初心三十春。

孙爱晶简评：

“半生辛苦为黎民”“不改初心三十春”诗人自我写照，想来当是一位兢兢业业，有理想，有担当的好领导。

夜读调研报告汇编除夕夜寄刘磊峰

窗前烟火映华堂，
独捧新章新墨香。
天道酬勤人更奋，
诗真意惬韵悠长。

春　意

川柳朦胧绿欲吐，
崖梅已见红苞怒。
山寒未解雪犹存，
勤蜂早趁煦风舞。

无题自勉

宽容待世乐天涯，
处世心无半点黠。
有幸寒冬家竟暖，
悄然悠乐看朝霞。

夏日荷塘有寄（新韵）

娘亲去世百多日，悲情难已，好友有意邀我观荷以解心结，思娘亲生前甚喜荷，记之！

红苞尖嘴露出塘，
白粉清幽雅致黄。
缕缕馨香摧水舞，
紫毫寥落又思娘！

夜过师家滩

师家滩，乡宁县西南隅，黄河岸边一个美丽的小山村，山清水秀，民风淳朴，以花椒和黄河鲤鱼盛名于县。某日夜行路过，有幸故人相邀，记之。

叠嶂苦行车，
椒花迎客舒。
灯红掀璀璨，
水绿掩田间。
鲜美黄河鲤，
醇香生态猪。
故人频挽闹，
留我品新鱼。

冬季农建

冬季农建，朔风凛冽，寒意袭人，农建工地机声隆隆，战意尤酣。人员更是早出晚归，无惧风雪，赞而记之！

寒风刺骨满身尘，
机舞人忙造地新。
勿忘初心勤共勉，
来年又一早来春。

忆游宁武天池韵和岳檀先生（新韵）

浩渺烟波荡柳堤，
湖清水秀草萋萋。
诗人感慨千秋事，
手抚荒台叹斗移！

附原玉：

微波粼粼走锦鳍，
蒙蒙细雨昔游时。
绮罗千载荒台梦，
碧草萋萋空惹思。

荒台，这里指隋炀帝杨广的晋阳行宫遗址。

古三关咏叹（新韵）

偏关夏游

碧水一湾偎古关，
望河楼上醉扶栏。
黄河有幸清于此，
飒爽风姿入画坛。

雁门秋思

凄风残月望峰峦，
秋色已觉塞外寒。
夜过雁门听故事，
盈盈泪洒金沙滩。

注：金沙滩，北宋杨家将血战之地。

宁武春祭

憔悴烽台护古关，
狼烟只在画屏观。
而今又见周公墓，
犹忆当年血战酣。

注：周公墓，明末名将三关总兵周遇吉，与闯王李自成血战宁武关，破关战死后在宁武有其衣冠冢，后人为此传唱有《宁武关》一折戏。

大理纪游——喜韵居白族风情

喜洲古镇舞金花，
燕语娇姿披彩霞。
殊异风情揭妙谛，
人生百味一壶茶。

拜读高中昌先生《拾暇近咏》

凝虑寂然通万里，
巧精思致若神笔。
拾暇咏唱品三韵，
夜半无眠向绿绮。

云南纪游——昆明印象

夕照飞花细雨微，
显奇争艳斗芳菲。
清风又弄滇池月，
过客流连醉忘归。

也和梁山樵夫生日

又见樵夫耍醉癫，
随风贺礼送笺千。
滔滔汾水传清韵，
薄酒盈樽尽是缘！

附梁山樵夫原玉：

百无一用亦情癫，
懒散丘坡看大千。
往事拈来当酿酒，
三杯苦涩忘尘缘。

观摩万福特有机小麦基地兼寄刘兄郭仁

刘兄郭仁，乡宁煤炭企业家。听从县上号召，转型发展，建设了2平方千米有机旱作小麦基地，创办了万福特有机农业公司，生产有机小麦粉系列产品，成为我县农业龙头企业之一和特优品牌产品。

布谷声声映早霞，
麦苗硕硕乐农家。
殷勤伺候莫嫌累，
待到丰收共把茶。

忆故乡（新韵）

芦芽滴翠漫天芳，
湖水幽蓝放眼量。
奇异千年象顶石，
坤珍万载冰窟凉。
情人谷秀浣纱响，
草绮原丰纵马忙。
莜面盐汤山药饭，
蹉跎游子梦中粮。

注：故乡宁武县有景观芦芽圣境、马营湖泊、象顶奇石、万年冰洞、情人谷、马伦草原等。

春分日梦母

昨年春分节令，娘亲病殁。今日春分，梦母而心痛难耐，滴泪至醒。

青烟缥缈梦乡关，
依是娘亲旧日颜。
又到春分轮节气，
哀哀肠断泪潸潸。

题平型关

颓垣断壁锁重峦，
一抹寒阳雁阵残。
漫道雄关寻故事，
古今思绪几盘桓。

谢意和梁山樵夫兄

山野乡夫矢志长，
才情诗意更惆怅。
秃毫淡墨闲情至，
岂敢班门弄大章。

附原玉：

送老弟

闲情信笔著华章，
老弟诗才溢满堂。
莫将玉粒空丢弃，
施与樵夫度饥荒。

孙爱晶简评：

诗友唱和情趣盎然，随心随性，自嘲调侃，友情可见，可感。

题黄河第一湾

乾坤湾里论乾坤，
山水沧桑亘古魂。
千里奔流逐浪去，
温柔一显掩雄浑。

观看“9·3大阅兵”韵和文山老师

猎猎军旗次第来，
扬眉万众唱台陔。
九州涅槃重新展，
共筑长城盛世来。

附文山老师原玉：

观看“9·3大阅兵”

威武雄师列队来，
声声口令震高陔。
整齐方阵如刀切，
万众欢呼亮眼来。

忆宁武早春韵和秀发飘逸

离家廿年余，今读秀发飘逸诗句，情不能禁，韵和之！

汾源雪幕望山远，
湖影晴岚作墨笺。
雁字春风新赋句，
潸潸还我梦中天。

附秀发飘逸原玉：

宁武游春偶得

汾滨雪霁起晴岚，
十里氤氲接地天。
欲向春风求好句，
几行雁字赋新篇。

孙爱晶简评：

乡愁，是诗人永恒的主题。“雁字春风新赋句，潸潸还我梦中天”，读来令人心动。

贺《诗人笔下的生态庄园》出版有感 也和吴老、樵夫吟长

秋叶含霜雾雨稠，
兰亭叠彩掩清楼。
风情放眼皆吟意，
淡墨随心醉案头。

附梁山樵夫原玉：

贺《诗人笔下的生态庄园》出版

农桑工哺早筹谋，
创意新篇尽展羞。
赏水游山骚客醉，
挥毫拈韵亮歌喉。

吴老原玉：

吟读《诗人笔下的生态庄园》有句

展卷长吟烟雨稠，
阡红陌绿绕琼楼。
诗催画引朝前去，
七彩庄园无尽头。

半日得闲暇游云水涧

县域内宋家沟山水奇特，一汪池水更添幽雅静怡。连日阴雨，躁而难耐，恰妻与同学相约垂钓郊游，李君文祥精心打造云水涧游乐餐厅，邀而食之，大快朵颐，酒酣处，吟以记之！

（一）

呼朋唤友近郊游，
雨后心沉乱起愁。
寥落寻常今寄处，
烟云缥缈宋家沟。

（二）

潋滟波光景色幽，
粼粼流水醉秋眸。
暂将优雅当槑意，
俏向潭边拂钓钩！

（三）

云水禅心云水涧，
暮光瑟瑟绘新笺。
文祥捧有兰花酒，
款款流觞溯旧年。

贺太原女子杏花诗社五周年和各位吟长

诗情雅韵逐春开，
缕缕丝丝入画来。
朵朵寒香谁织出，
杏花仙子素心裁。

贺梁山樵夫荣任《山西诗词》版主

樵夫榜上做高官，
贺酒乘风越雪峦。
汾水滔滔和雅韵，
方家翰墨网屏繁。

送刘磊峰远赴辽津三农调研（新韵）

心向燕山越古关，
情牵津沈可悠然？
煮茗为有扶贫计，
新酒青梅溢一湾。

写在第八届华鼎奖全国诗词大赛颁奖大会在安丘举行

第八届华鼎奖全国诗词大赛颁奖大会在山东省安丘市举行。拙作忝获金奖，时感而吟之！

（一）雅聚有感

雅兴骚情韵意悠，
吟坛论剑聚安丘。
玲珑笔墨知诗味，
漱玉新声遍九州。

（二）方家留墨

风雨兼程越太行，
渠丘幸会醉流觞。
愧无咏絮惊人句，
怯向台前舞墨香。

采桑子·元宵节

秧歌锣鼓欢欣闹，霓舞翩跹，彩灯绵连，火树银花不夜天。
红嫣紫姹温馨笑，欢乐人间，诗赋篇篇，天籁声声庆盛年。

景芝酒有吟

闻香识酿几千秋，
汶水听澜一醉休。
借得景阳春酒意，
邀来雅韵绕梁游。

记在那桃花盛开的地方——安丘兼寄桃之夭夭孙诗姊

潇潇秋雨着寒缁，
惆怅今行不得时。
他日春风轻入梦，
夭夭灼灼又新枝。

游佛山梁园

玲珑石水岭南殊，
优雅鸳鸯绕榭凫。
读帖若非操粤语，
还疑身在古姑苏。

注：佛山梁园为岭南园林之佳作，以秀水、奇石、名帖为园中三宝。

四十六岁感怀

难寐常因有所牵，
酬勤天道赋春笺。
飞花摛藻尚潇洒，
霜鬓谁怜愧有年。

五十岁自题

回眸寥落看红尘，
戴月披星为庶民。
叹我呕心悲白发，
来杯小酒润残身。

五十二岁感怀有吟

挥霍青春披战衣，
韶华易逝折菲薇。
位卑不敢忘肩责，
发影如霜再灿辉。

贺临汾平水诗词学会成立

（一）

自古平阳雅士多，
千年音韵证蹉跎。
而今喜聚风骚客，
汾水澜掀盛世歌。

（二）

朗诵轻吟雅韵长，
新词一阕共生香。
千年平水真圭臬，
三晋新笺姑射章。

无　题

静语从无柔骨傲，
怡情却有墨笺痴。
笑看落叶知秋晚，
读与轻风揽旧辞。

乡宁县对外宣传的“五个一”有赋

印象乡宁概括为：优质焦煤一块炭（主焦煤）、大美云丘一座山（云丘山）、紫砂文创一把壶（紫砂壶）、戎子干红一瓶酒（戎子酒）和翅果养生一滴油（翅果油）。

天宝物华地，
拿来件件歌。
诸君听我晒，
五子且登科。

一、主焦煤（新韵）

宝地有福荫，
寰球难找寻。
为国多奉献，
黑炭胜黄金。

二、云丘山

家乡胜处有名山，
冰洞森森震赤寰。
古树峰台看不够，
轮回四季色斑斓。

三、紫砂壶

汉瓦端庄莲子花，
西施灵动石瓢蜗。
琳琅百态醉观客，
却话宜兴到我家。

注：汉瓦、莲子、西施、石瓢均为紫砂壶造型名。

四、戎子酒

客惊塬上酝新酿，
干白干红百种香。
几度相思能赖酒，
千年故事满园芳。

五、翅果油

珍稀植物世人惊，
八卦灯笼模样精。
四纪冰川遗宝物，
熊猫与尔一般平。

原振华点评：

用古诗为乡宁特产做的绝妙广告。作者对极富地方色彩的特产，精雕细刻，涉笔成趣，流露出深深的喜爱之情。为了促进乡村振兴，为了提高乡宁的知名度，作为一个长期从事农村工作的干部，以诗词为媒介，在讲求格律的情况下，兼顾通俗易懂，注重语言的通俗化、大众化，尽量以口头语、家常话、大众言遣词造句行文，以期能广泛传播，可谓用心良苦。

登黄鹤楼

夏末秋初有幸得游黄鹤楼，登楼而微雨至，江风凉爽，暑热无踪，心旷神怡。

沐雨霓裳伞幔扬，
江城借的半时凉。
聆听崔李吟千古，
探看龟蛇锁渺茫。
鹦鹉洲新丛妩媚，
晴川阁老树沧桑。
楚天极目凭栏处，
引出诗情泪几行。

祝贺寿阳跻身“中华诗词之乡”“山西诗教先进县”行列

三晋欢腾歌又来，
清音雅韵绕仙台。
心花朵朵诗乡寄，
潇水新声共举杯。

书法家彩龙兄作品巡展有寄

彩笔翔龙起墨花，
十年勤奋自成家。
银钩铁划临风劲，
轻落铺毫寸寸霞。

清明节因疫情网上祭母

慈恩不忘泉台远，
网上思亲泪水涟。
书字三千皆滴血，
孤魂梦里几回牵。

原振华点评：

岁岁清明的上坟祭扫是对逝去亲人的缅怀，因疫情无法返乡，只能网上祭拜慈亲，抒发高天厚地之亲恩，让人永难忘怀的追孝情感。“谁言寸草心，报得三春晖”，对作者来说怀念母亲最好的方法就是文字，用文字记录想念的每一刻，怀念的每一分。“书字三千皆滴血”在文字中温暖的笑容，慈爱的目光依稀会浮现眼前，这样全篇顺理成章，最质朴却又极为感人。

淫雨和岳檀先生（新韵）

秋风炎热盼秋凉，
霜燥温和收好粮。
天阙有心勤抖擞，
人间无意烂泥汤。
晓流晚注寒中犬，
击户敲窗梦里狼。
土埂溃塌禾霉穗，
农家愁死痛断肠。

高中同学聚会有感

号角连连传意中，
秋纱窗外月朦胧。
绮情白鬓催疏柳，
撒野青春倚密桐。
三载风云怀宝骏，
卅年沧海有花骢。
相思望断关山路，
一曲心歌上九穹。

依韵和旦初老先生八二寿

谋面先前画影深，
聆听梦里韵清吟。
书生意气湘江骨，
巨匠襟怀晋水音。
款款竹松迎丽日，
依依桃李抚瑶琴。
冰心寄向嘤鸣处，
且就流光酒浅斟。

依韵和郭云老先生《春路之歌》

号角频吹响云端，
古道雄歌四海欢。
萧瑟驼铃成故事，
繁荣戈壁筑新坛。
同谋一路同思量，
共创双赢共解难。
经纬中华追绮梦，
征程世界未松鞍。

好友夫妻皈依在家修行有寄（新韵）

一缕檀香一美娉，
缘来缘去两相轻。
虔诚经颂三千卷，
难负佛陀难负卿。

广州学习有感吟

上级组织到广州培训学习，时间虽短，但深深感悟到内地山区与沿海城市的差距。

六月羊城馥郁天，
珠江旖旎夜缠绵。
潮头学得强农策，
绘我家乡烂漫篇。

孙爱晶简评：

人在广州，心系家乡，广州纵有魅力夜色，诗人却想着“潮头学得强农策，绘我家乡烂漫篇”，乡梓情怀跃然纸上。

云南纪游——腾冲印象（新韵）

云峰雾海野茫茫，
山绕良田稻谷香。
盛世新村皆物阜，
疮痍古堡为民殇。
温泉旖旎游人醉，
叠瀑雄宏过客惶。
毓秀钟灵奇妙地，
蜚声翡翠万家扬。

注：腾冲有和顺古镇、热海火山温泉、叠水河瀑布、驰名翡翠为旅游要点，腾冲古城在抗击日寇收复腾冲之时全城玉碎而不复存在，并建有远征军墓园的国殇园而纪念。

太常引·雪月夜寄情

漫空飞舞蔽云天。若剔透如烟，萦绕百千弦。暂停歇，频频月圆。

满霜寒地，徘徊孤寂，雪月共缠绵。一阵朔风旋，梦中悟，尘缘挂牵。

读习近平总书记讲话《不忘初心，砥砺前行》感怀

旗帜鲜明主义真，
锤筋锻骨自强身。
韬光养晦赠财富，
精准筹谋解困贫。
社稷百年同绮梦，
江山千里共青春。
位微不忘初心志，
俯向田间汗洗尘。

贺“宸晖”杯[过年·记忆]有奖征文颁奖典礼

阳春三月柳丝黄，
雅聚宸晖翰墨香。
半缕痴情十夜梦，
一夕愁语百幅长。
明眸含黛抒新意，
皓齿挥毫写大章。
小小平台歌不断，
鄂山鄂水尽琉璜 。

寄小小支点两岁生日暨第二届“宸晖杯”颁奖典礼

秋色纷繁梳靓妆，
云丘缀绿舞霓裳。
才听流水潺潺落，
又是呼音处处觞。
不忌一年难入睡，
何堪两鬓易添霜。
而今再饮庆功酒，
便引才情四海扬。

遥寄梦十夜弟（新韵）

梦十夜，枣岭男者，自诉马涧人也，年逾不惑。畅读其作品《枣岭人》《秋、梦里红尘颠倒》，深感文思天成、神游天外，现实与梦境飞转跳跃，情不能禁也！因允一作寄之，唯愧文不达意，暗自讪讪然，以为记。

西山有诡男，
文采斐然然。
屏上曾谋面，
心中未畅谈。
一寻黄河畔，
二探马涧垣。

俗事尘间少，
文章榻上鲜。
三捧“颠倒”句，
怯怯雪花缘，
四论“乡亲”语，
绵绵枣岭萱。
嘤嘤酣寐处，
萃萃眼中波，
俚语除雕饰，
天然也是歌。
噫乎！
君不见，细腻文成尽妖娆，
才思意远几连环。
君不见，前世今生十役梦，
仙来怪去九纷繁。
嗟乎！
十梦夜兮十夜梦，
梦中梦外相思苦，
捋来千缕古今情，
挑去万条阡陌路！

梦是有情可绘笺，
醒非无意莫凭栏，
红尘醉了多愁事，
容易离别见却难！

注：“颠倒”—指《梦里红尘颠倒》一文，“乡亲”—指《枣岭人》一文。

阿斯哈图石林有吟（新韵）

阿斯哈图石林形态多变、浑厚粗犷，多为横层，与云南石林大相径庭。初见之，甚是诧异！

峥嵘险峻万层岩，
百态千姿恣意悬。
滇地石林丢几垛？
悄声问向彩云南。

原振华点评：

前两句平直叙起，形象地描绘了石林，第三句从眼前景联想到名闻遐迩的云南石林，巧妙转接，拟人化的想象，生发出的无限浪漫色彩的意境。奇思妙想，自然而有趣味，赏景之乐见于言外。

秋游才子庄园并寄郑公

才子庄园位于高岭凹古村落之南阜，与古鄂邑龙山“云台”一脉相承。近30年来，郑公中午执着坚持尊重自然、开发保护、传承发展的理念，播撒一份清浅，一种简约，呈现一派阆苑绮丽的风光。初步形成农耕体验、研学旅行、康养休闲的集文化、生态、健体“世外桃源”。

时值仲秋，余有幸割断尘嚣、抛却琐事，偷的一隅静谧。倚窗、把盏、轻语，思流年荏苒、生活如禅，悦美景嫣然、诗意清欢，以为记！

月季参差艳，
秋枫次第黄。
猫呲纡檩魅，
犬吠越栏狂。
醉果醺行客，
屯粮溢廪仓。
诗书萦旧院，
雅韵覆新廊。
远岫随风静，
临潭弄雨汤。
峨眉涵气象，
圪垯显琳琅。
绿海幽猗郁，
青山隐渺茫。

花团十簇簇，
缱绻透馨香。
噫乎！
君不见，卅载荒堘川映绿，
七旬老叟发如霜。
君不见，苦心孤诣征程远，
破浪扬帆自在航。
赞哉！
一片丹心勤稼穑，
尚能饭否不彷徨。
田园盛景千般色，
书舍陈诗万种芳。
鄂水鄂山多璧意，
焕姿焕彩几华章。
举樽一笑追禅语，
且为郑公把墨扬。

好事近·山中有感

凝望旧园中，烟柳婆娑泛绿。别样愁情仍在，叹年华又去！

山花默等煦春来，神色依如故。待到春光娇艳，看有谁怜护……

太常引·除夕千里寄双亲

白头娘爹盼儿归。倚门望，扒窗思，途尽雪风吹。夜璀璨、烟花又催……

漫天冰雪，救灾民苦，冷暖总心随。 虽小吏心兹，为百姓，丹心似谁？

原振华点评：

起句确切精细的白描，质朴清新的语意，深深触动每一个远离家乡的游子之心，万家团圆的除夕之夜，年迈的双亲望眼欲穿，等待儿子回家。双亲盼归之情与儿子救灾之愁构成强烈对比，以见情深义重。除夕团圆，本是义不容辞的职责，可是由于职责所在，无法回家，忠孝不能两全，令人深感沉痛。一首作品道出了多少人的无奈！生计窘迫，无可奈何，不得不弃家奔走的沉痛心情，溢于言表，正可谓字字皆泪。

临江仙·雨中云丘山

轻雨浥尘涤山碧，层峦着意蹁跹。朦胧媚雾掩峰巅。望神女倩影，绰约入人间。

牵揽扶栏穿幽径，玉皇飞渡临渊。清吟薄醉任缠绵。且将心语寄，谁可共织笺！

注：神女峰、玉皇顶皆为云丘山景点。

原振华点评：

起句状景如画，雨、山、云、雾皆富有生气，营造一幅云遮雾绕的神奇仙境，并展开联想，以人拟人，将雨后云丘山渲染得梦幻般神奇，尾句“且将心语寄，谁可共织笺！”融情入景，耐人回味，此词可谓“有境界”之作。

西江月·雪后云丘山

疑是瑶台玉碎，青山皓首屏帷。祖师顶上劲风飞，松柏霜菊含翠。
思絮唤来一片，尘缘梦里芳菲。新词半阕掳心扉，倚枕微醒难寐。

注：祖师顶是云丘山景点。

锦缠道·清明祭 韵和梅心竹韵大姐

岁岁今朝，杏雨煦风如旧。望陵园，桃红消瘦，寒松嫩柏凝枝绣。暂借天晴，欲种坟旁柳。

听哀鸦几声，侵魂疾首。叹无常，至亲难守。忆梦中、缥缈音容，现素花燃处，更是悲时候。

附原玉：

锦缠道·清明

岁岁寒潮，乍雨乍风春瘦。觑芳津，一池波皱。嫩花娇柳频摇首。唤得新晴，又恐难持久。

恨人间至亲，亦难长守。近清明，素心当酒。借长风，吹送飞云，把一生思念，尽对西天剖。

浣溪沙·轩台听雨更妖娆兼寄玉润合作社李总金玉大姐

驮润村委玉润合作社李总金玉大姐，我县鲜有的女性农业企业家。发达不忘桑梓，积极投身乡村振兴建设新农村，巾帼豪情不逊须眉，干得有声有色，成绩斐然。以为记。

陌上梨花陌下桃。鱼翔塘底乐长膘。果红瓜翠掩青椒。

新貌新村真绰约，治山治水美云韶。轩台听雨更妖娆。

云南纪游——大理印象

袅袅丛芳细雨斜，
古城漫步品桑麻。
洱中月伴苍山雪，
关上风吹关下花。
蝶闹名泉如絮柳，
幡飘圣塔若蒸霞。
浓妆轻舞歌时世，
一曲欢歌到万家。

注：大理有上关风、下关花、苍山雪、洱海月所谓风花雪月的风景。

行香子·无题

燕筑新巢，鹊闹枝头。黄花烂漫柳枝稠。柔情款款，墨笔轻遒。醉恼时嗔，羞时笑，恨时愁。

银霜染鬓，冯唐易老，草书粗词泪先流。旧时风景，落幕骅骝。忆裁春花、绘秋月，倚栏眸。

秋登西廒村并贺新农合作社贺总建星获誉“临汾新农人”有寄

北塬葡果几时鲜？
秋日馨香上九天！
勤奋悠悠民致富，
坦诚款款客连绵。
摘星巧匠逐难业，
揽月能工沃绿田。
揩落经年酸涩泪，
且来老酒润新篇。

诉衷情令·登高天山

高天山横亘乡宁县（古称鄂邑）北部，是乡宁县最高山峰，海拔1820米。层峦叠嶂，峰峦峻绝，青山秀水，林草葱郁。

磐岩黛色岫云间，茵香百鸟喧。氤氲如雾如烟，眸远识青萱。
巅郁郁，径蜿蜒。脉连绵。如虹气势，耸翠鄂邑，水墨花笺。

减字木兰花·结得文心半世缘

贺小小支点文创平台创办一周年庆典以记。

薰风和煦，又是一年新燕舞。风月无边，结得文心半世缘。

几樽花酒，笑语扶摇任抖擞。绢短情长，笺墨纷繁字字香。

声声慢·陌上新田兼寄寒山绿蒂合作社刘兄克明（新韵）

刘兄克明原任县煤炭运销公司领导职务，转任庄原村支部书记。生性豁达，一腔热忱，深入农村，不辞辛劳，创办寒山绿蒂合作社，打造有机旱作杂粮基地 2 平方千米，为纯农区发展集体经济和共同富裕闯出一条新路，值得推广和赞扬，以为记。

连翘未谢，丁香又开，寒山千亩花笺。细作精耕劳顿，陌上新田。笑语欢声无处，入眼来、绿色天边。且莫赞、碧空连山眺，甚是翩跹！

有机宏图常念，人未老、几度风雨相牵。寂寞桑榆怀壮，策马扬鞭。杨柳微澜冷暖，雁留声、气正清廉。纵横起、鬓霜豪情在，再绘新篇！

如梦令·贡格尔草原之夜

马奶酒香品道，安代舞天欢闹。篝火映敖包，歌也随风缥缈。醉了，醉了，心在草原萦绕。

【中吕·山坡羊】某君醉酒

衣开前扣、嘴呼酒臭，惺忪貌比年时瘦！看红绸、听新讴，高谈阔论秦清凑，雾罩云山脸不羞。呕，人众瞅！丑，桌上搂！

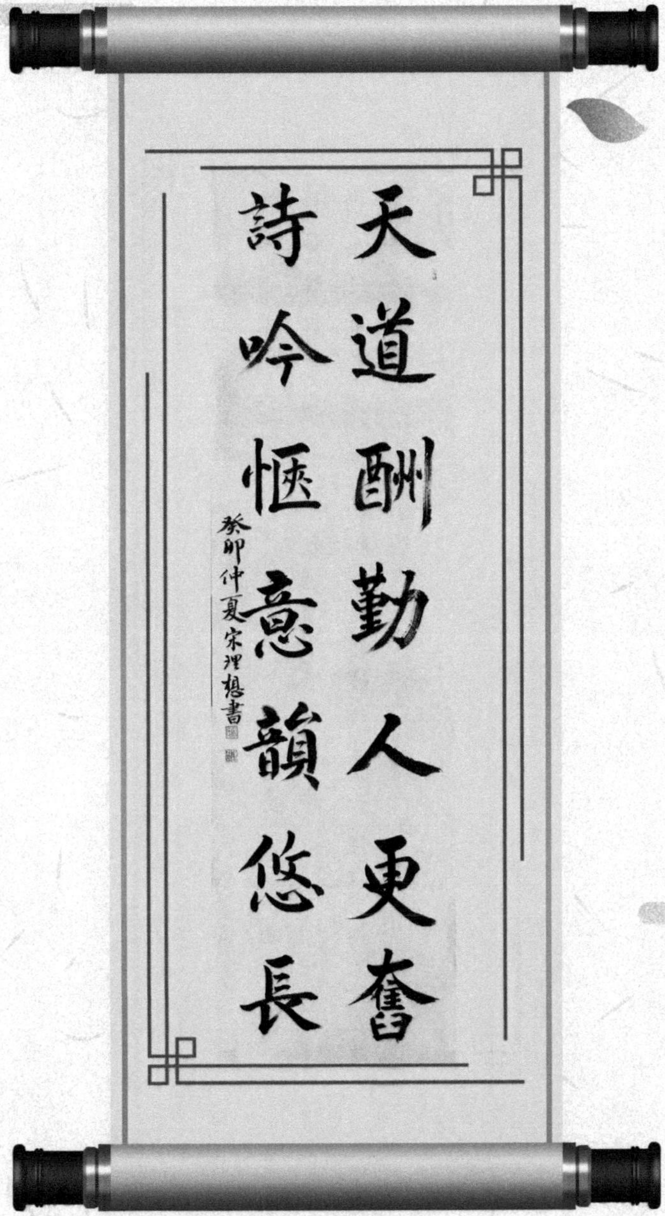

宋理想，中国老年书画家协会会员，中国硬笔书法协会会员。

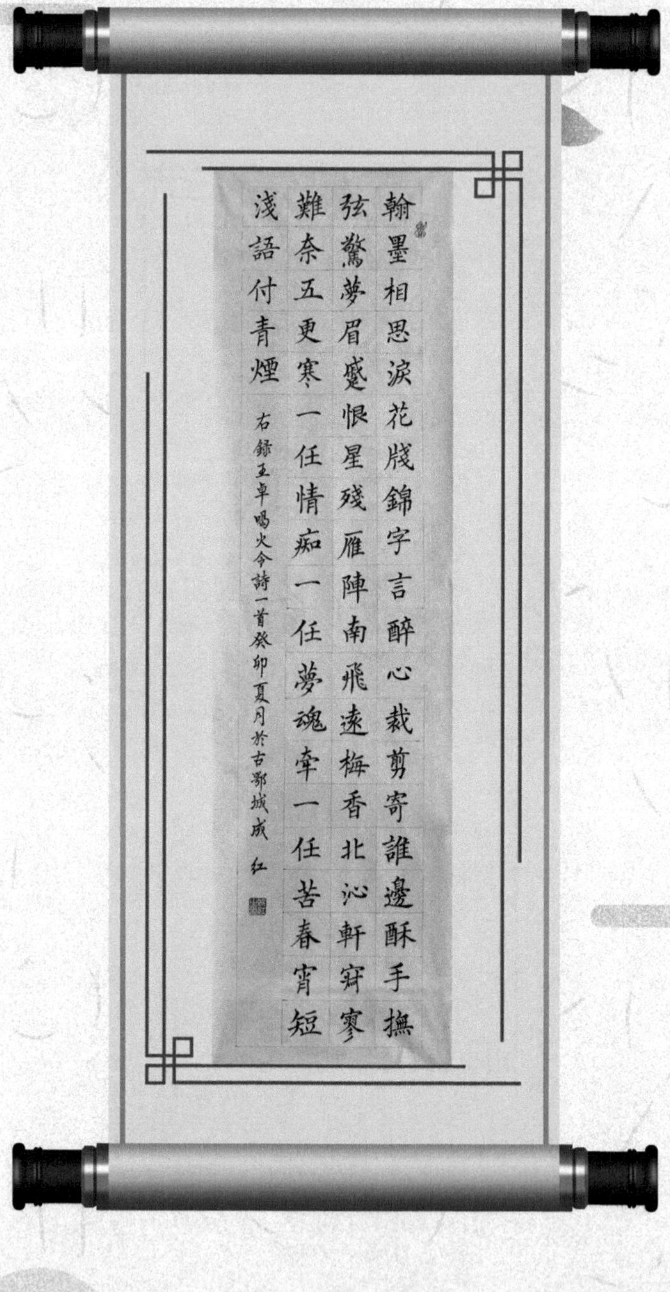

成红，中国老年书画家协会会员，乡宁县书法家协会会员。

霓裳集

寄一个春天给你

二月二，轻柔的小雨，淅淅沥沥，时断时续，矫情而妩媚……像你，缠缠绵绵，忽远忽近，不经意地带来款款欣喜。

春来了，虽然没有隆隆的雷声敲响，但一缕缕的和风飘过，暖暖的！冰融雪消、河水潺流、莺歌百转、紫燕翩飞……

春来了，虽然没有弄巧的弦声弹起，但一朵朵的野樱漫开，灿灿的！枯枝换新、一抹俏绿、山花锦簇，蜂儿殷勤……

春来了！“杨柳风、杏花雨”“草色遥看近却无”“夹岸桃花蘸水开”“多少楼台烟雨中”！

寄一个春天给你，许你一世温柔，清瘦的影不再孤单，漂泊的心得以静好！

寄一个春天给你，许你一世逍遥，徜徉花的海洋，聆听风的呢喃，缱绻雨的缠绵！

寄一个春天给你，只为一场唯美的相遇，只为一回燃情的邂逅，只为一个凝眸的懂字……

杏花如雨香如你

你来了，浅红醉粉，执着地徜徉在馨香雪海中，陶醉在心中编织的五彩云锦，赧然的“欲问花枝与杯酒，故人何得不同来？”

你来了，依然柔美相宜，翩翩而来，浅笑如初，点缀在花如雪的繁盛中。清新旖旎，美艳优雅，只留下沉醉了的蜜一样的香。

你来了，犹如是那种琼瑶轻舞，在繁华与喧嚣中，璀璨的一阵欢舞，脚步婉约，倩眸明媚，傲娇的、绚烂的、义无反顾……

粘衣欲湿的熏风醇雨，一应“解笑亦应兼解语，只应慵语倩莺声”。新红飞处，花撒阡陌，凋落的不再有黛玉的伤情，不再有难挽的凄美。

既然，有了最美的芳华邂逅，就不必再为尘缘伤怀。生命，如一世花开，用三生烟火换一世迷离。

那么，牵一缕浪漫情愫，赋几多红尘锦簇，留一抹眷念心语，“杏花如雨香如你”，沿着心海无尽地蔓延。

丁香花开想你了

轻轻的风，缓缓吹过脸庞；濡濡的雨，静静淌在心房；柔柔的丁香花，悄悄的绽放在四野中。又是一年的春色，就那么悄然而来，挡不住的时光，犹如压抑不住的思念。

彳亍在香艳的怀里，白的、紫的，三瓣的、四瓣的，摇曳着淡雅，纷纭着丽色，醉了么？依稀又看到了，轻盈着花雨的你，一如花色般的清素矜持，一如花枝样的娇姿纤弱。

想起戴望舒的《雨巷》，深深地痛恨着、煎熬着、诅咒着。那丁香一样的姑娘，是否依旧太息一般的眼光，彷徨在寂寥的雨巷？仿佛滴滴鲜血，无力的从心尖滴落……

忘情地，遍野寻找一朵朵的五瓣丁香，绽开的、飘落的……，虔诚地捧着手上、捂在心口，用最柔最柔的话语，生怕惊吓着溢香的花儿，“丁香花，百头、千头、万头”。

千娇百媚生，朵朵相依倚，惆怅的念一句：“芭蕉不展丁香结，同向春风各自愁。”渐渐地明白了，忘不了的是轮回的尘缘，怀念的是青春的凋落。

丁香花开了，想你了……

约你在十里桃花

十里桃花，在朝阳下如灿霞一般，铺开着春天的色彩。簇簇绯霞流火一样的花儿，妩媚的摇曳，轻灵的飘舞。桃之夭夭，灼灼其华，翩翩而来的你笑靥如花！

十里桃花，用浅红、妃红、酡红、紫红、绛红妆点着春天。娇艳欲滴，璀璨生辉，修饰着旖旎的似水年华，风姿优雅的你潋滟着一身的花香。

迎着春风煦日，绽放在枝头娇俏的花潮，涌动起一股暧昧的风。点点入眉心，爱意缓缓而开，是绣入春风化雨的思念，如你心底袅袅婷婷的梦……

桃源山庄的KTV，唱一曲《鸿雁》，再唱一曲《梦中的兰花花》！轻声地问：累世情缘，谁捡起，谁抛下，谁忘前尘，谁总牵挂？应一曲《三生三世十里桃花》，能不能回答：忆当时年华，谁点相思，谁种桃花？……

来一坛永和老酒共饮，穿越到温暖的前生。你为我红袖添香，翩翩霓裳，对镜花黄！我为你素衣清颜，缱绻魂牵，泼墨书笺！笑花何以笙箫默，红尘荼靡几光阴，醉意朦胧的诗行，青春纷繁字字盈香……

照彻灵犀的一抱，是前世相惜的那回眸一眼。抚一抚艳若桃花脸颊上的花影，嗅一嗅青丝如瀑发缕中的清香，瞅一瞅片片温婉落花下的斑驳。那是今世剪不断的纠葛，那是前生解不开的因果！

那山、那水、那人、那事，是妩媚动人的画卷，是古诗陈藏的故事！任沧桑淹没三千岁月的落魄，让烟雨飘过五百流年的碎心，忘川河边就不饮下孟婆端来的琼浆，奈何？

再对饮一杯老酒！我莫轻叹、你莫抹泪！再唱一回:“多少红尘路，凋落了多少朱颜”“情如风，情如烟，琵琶一曲奏响千年，只为等待你的赞言”“今生缘，来生缘，三生石上镌刻爱的誓言，梦中只为你流连”。

十里桃花艳如许，十里春风不如你！

榴花火红情胜火

一朵花开千叶红，开时又不藉春风！

在石榴花开的地方，晶莹的色彩是燃烧着的风景！

一点点殷红的火苗、一串串艳红的铃铛、一嘟嘟鲜红的玛瑙，没有梅花由来的刻薄，没有桃花夸张的矫情，没有海棠肆意的慵懒……

一簇簇流火的轻淌、一团团精灵的闪跃、一丛丛锦缎的瑰丽，是一种霞飞天际的惊艳，是一种精致浸润的诧异，是一种难以描绘的绚丽多姿梦幻般的画卷。

你从榴花里走来，一袭蓄意魅惑的石榴红，裁染了你诱人的榴裙。微风徐来，蹁跹了你妖艳而浪漫的风姿，纷纭着出尘飘逸的气质。玲珑摇曳的美轮美奂，雕刻成我最为纠结的相思。

揽你入怀，仿佛穿越了千万年的时光，点燃雪藏了的那份激情，说不清是满满的幸福，还是道不尽的沧桑。握着你柔软的小手，馥郁凝香指尖，一起策马天涯、纵意江湖，刹那间便是永恒……

如果有一天，如果有一世。放下了我的事业、放下了你的执着，我们携着清风、挽着云霞，一起浪迹天涯，徜徉凡尘间的画卷，去寻找心底里那天涯海角的古诗，再不用缅怀海天之外的故事。

别样的花香，氤氲了你醉人的香馨。让放纵的心情染上这幽雅的暧昧，用怡神的芬芳调制这一季流年。笑脸上藏起忧伤，潇洒中忘却心碎，流连里掩盖酸涩，用迷醉了的感觉看这尘世间花开花落……

休言华贵，莫怨平庸，青春一去，难再轮回。缠绵的思绪缥缥缈缈，邂逅了妖娆，妩媚了温柔。零落眸间泪，千里尽相随，此生共君醉，生死且依依。

听风解雨醉秦淮

秦淮的风，柔柔弱弱，轻轻忽忽，不紧不慢掀起了烟雨的潮气，顽皮地偷偷撩起旗袍的裙角，轻拂着一副玲珑的水墨画卷。

秦淮的雨，缥缥缈缈，濡濡沥沥，烟雨空蒙带着微不可查的惆怅，标志一样的油纸伞，点缀着柔弱身姿的曼妙。

我来了。竟然沐风栉雨，一身的疲惫，惹得你峨眉微蹙，温柔的脸挂满晶莹的泪珠。

我来了。揣着秦腔晋语，一应的粗犷，搅得你掩嘴轻笑，娇俏的脸飞满喜悦的星辰。

秦淮河上，听淡了朱自清《桨声灯影里的秦淮河》中绘声绘色的如梦的夜景。

秦淮河上，看过了孔尚任《桃花扇》下，送来的袅娜着幽雅、摇曳着香风的国恨家仇的传奇。

乌衣巷口的怀旧、文德桥上的传说、夫子庙前的繁攘，流淌千年的秦淮河见证了多少萧瑟、多少奢华……

媚香楼中的感慨，桃叶渡口的流连，十里秦淮的景色掩不住你今生迷离的无奈……

我走了。花瓣一样的吻香，是零落一地的忧伤，齿间一抹的嫣红，是血泪浸润的凄美。

我走了。云端寄一丝痴情，滋润你忧伤的回眸，夜梦寄一缕相思，抚慰你惆怅的寂寥。

风徐徐飘来、雨轻轻落下。正如白落梅所说："人只有将寂寞坐断，才可以重拾喧闹。"

多少惦念成云，多少心事成茧，怀抱流年的素笺，写下这一季的尘心轻舞，这一季的听风解雨。

椒香醇厚漫山川

家乡的黄河岸，蜿蜒绵长四十多里。九月的初秋，花椒的香醇馥郁了层层山峦。“欣忻笑口向西风，喷出元珠颗颗同，采处倒含秋露白，晒时娇映夕阳红。”

漫山遍野的虬枝翠叶，弥漫着遍地的香气。清风徐来，清馨醇雅，心旷神怡。横着细刺的枝条上，覆满了细长的叶片，小小的、脆脆的、嫩嫩绿绿的，犹如一个害羞的女子，袅袅娜娜。

细长的枝条上缀满一簇簇、一团团，油光铮亮的小小椒果，像晶莹的红宝石、像明亮的小铃铛，也像调皮的小精灵，躲藏在密密的叶子里，偏又偷偷地露出娇娇的小身影……

听懂行的人说，每个花苞上有九片叶子，我数了一簇又一簇，不厌其烦地数着数着……

置身在花椒林中，我仿佛跨越了几千年的时光。“杂申椒与菌桂兮，岂惟纫夫蕙茝”的香艳美丽，“榖旦于逝，越以鬷迈，视尔如荍，贻我握椒”的爱情表白，“椒聊之实，蕃衍盈升。椒聊之实，蕃衍盈匊”的浪漫求偶，“调浆美著骚经上，涂壁香凝汉殿中”的权利象征，神农氏亲尝视为“宝树”的神秘传说。

摘一颗花椒放在嘴里，那种醇厚的“麻”让人屏气，让人流泪，让人有触“电”的感觉，让人舌头找不到方向，简直“麻”翻了天。

这个季节的山川里弥漫着醇厚的椒香，欣赏着椒果一簇簇的团结摇曳，回味着椒果一捧捧的醇厚香麻。仿佛看到忙而不乱的椒农化身为一个个“花秀”和“椒儿”，辛勤的劳动着，努力着、创造着美好生活，幸福在脸上洋溢着……

塔尔寺的心莲

千里迢迢的心路
疲倦不了迷恋的情怀
那一世邂逅了似曾相识的你
辉煌金顶下扬起祈福的经幡
缱绻着青春记忆的暖意

如幻如梦的梵音
执一柱檀香燃起缭绕
这一生泪眸看不清朦胧的你
诵经声中流淌那凄婉的诗篇
氤氲着前世今生的相思

遍转凝重的经筒
虔诚修行千百次轮回
迷迭在遗忘的三百个流年
依偎在佛前的心莲盛开
苦苦求得来生缘
缠绵遥相守望的灵魂
羁绊雪域烟尘的风情

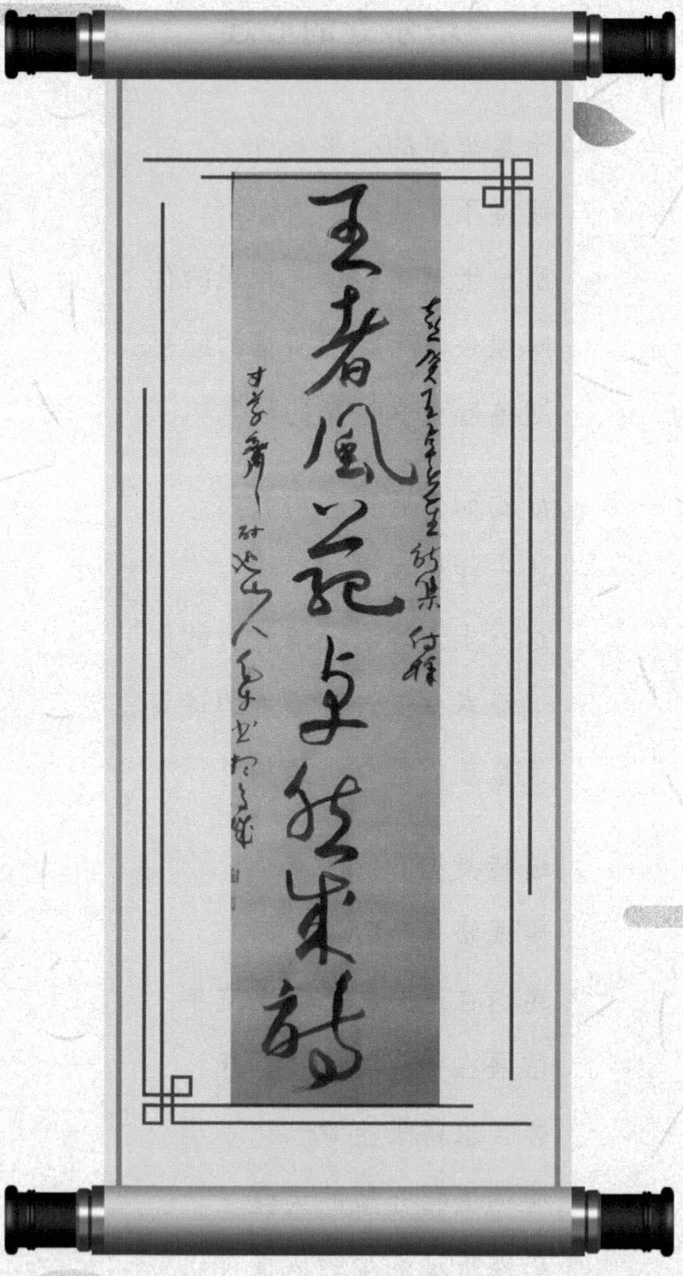

毛牛（耐池山人），中华诗词学会会员，山西诗词学会会员，山西唐槐诗社副社长，山西晋社秘书长。

李霞，山西省作家协会会员，山西省女作家协会会员，乡宁县三晋文化研究会会员，乡宁县诗词楹联协会会员，乡宁县美术家协会主席。

煦风集

王卓诗文集《山居漫吟之鄂山心语》出版有寄

郝金樑

天时催小满，日暖景和明。
但理农家事，偷闲古韵声。
年华宜老去，岁月不虚耕。
笔下留心语，吟来一世情。

郝金樑，中华诗词学会会员、山西省诗词学会会员，山西唐槐诗社社员，总编。

【中吕·喜春来】曲评王卓兄《山居漫吟之鄂山心语》

李玉平

鄂山关下出佳酿，击壤歌中觅醉乡，凤凰台上舞霓裳。诗入囊，心语早凝香。

李玉平，字楚玉，山西吕梁人，山西诗词学会副会长，黄河散曲社社长，中华诗词学会理事，中华诗词学会散曲工作委员会委员，山西省原创音乐促进会副会长。

贺诗友王卓《山居漫吟之鄂山心语》付梓

孙爱晶

男儿有梦梦初圆，明月清风总敬虔。
感念偶来推妙句，吟怀触动著华笺。
情关山水宫商引，道本功名事业联。
心自归来人自在，潜修神会任其然。

孙爱晶，中华诗词学会会员、山西女作家协会会员。现任山西诗词学会副秘书长，太原诗词学会常务副会长，山西杏花诗社副社长，并州散曲社社长。《并州诗汇》副主编，《并州散曲》主编。

读王卓诗集初稿待付梓有寄

毛 牛

乡宁吟社稷，酿酒醉分明。
本是三农事，原为九韵声。
边关留履迹，冷月现河清。
妻子平心论，诗尝未悔情。

毛牛（耐池山人），中华诗词学会会员，山西诗词学会会员，山西唐槐诗社副社长，山西晋社秘书长。

《山居漫吟之鄂山心语》结集感赋寄王卓兄弟

刘磊峰

时常小酌共迎晨，故事聆听实感人。
汾水随心扬格韵，鄂山着意写精神。
谁知奉献难酬句，但问追求未负春。
浪漫情怀吟日月，推杯展卷满乡尘。

刘磊峰，网名梁山樵夫，中华诗词学会会员，山西诗词学会会员，山西唐槐诗社副社长，黄河散曲社社员，双塔散曲社社长。

贺乡宁王卓《山居漫吟之鄂山心语》出集

晋风

边关冷月照乡宁，雨打鄂山夫子听。
笔底人间知冷暖，胸中宇宙懂清明。
山河总在杯中笑，辞赋常于萱上鸣。
心血凝成书一部，坦荡襟怀浪漫情。

晋风，中华诗词学会会员，山西诗词学会副秘书长，山西晋社副社长，中华诗词论坛版主、小楼听雨编委。

贺王卓诗弟诗集《山居漫吟之鄂山心语》付梓

邢保平

听雨露凝香，
高天心语长。
骚坛添故事，
鄂水赋新章。

邢保平，中华诗词学会会员、山西诗词学会会员、晋社成员，临汾平水诗词学会副会长兼秘书长、临汾文化促进会理事、尧都区诗词楹联协会副主席。

贺《山居漫吟之鄂山心语》结集

王跃平

爱亦深沉墨亦香，
情真赋得好吟章。
无穷山水无穷恋，
汇入高歌出吕梁。

王跃平，网名诗源，中华诗词学会会员，山西诗词学会会员，山西万柏林诗词学会会长，晋社副社长。

为王卓先生诗集《山居漫吟之鄂山心语》而题

吴玉莲

本是杏林一枝春，
却成深爱务农人。
男儿放眼他乡志，
赋得葱茏诗意真！

吴玉莲，中华诗词学会会员，山西诗词学会会员，山西唐槐诗社社员，黄河散曲社社员，杏花女子诗社社员。

贺王卓先生诗集出版

郭天保

王兄雅集著田畴，
妙意奇章美韵悠。
自带泥香天地趣，
深情大爱写春秋。

郭天保，中华诗词学会会员，山西诗词学会会员，万柏林区楹联协会会长，书法家协会副会长，山西唐槐诗社副社长。

贺王卓君诗集刊发

宋永江

长风万里雁空鸣，
远客重逢一众迎。
醉遣逍遥寻李杜，
锄诗只为种真情。

宋永江，中华诗词学会会员，山西诗词学会会员，山西唐槐诗社副社长。

贺《山居漫吟之鄂山心语》结集

王德珍

笔底山河澄复鲜，
人生趣味仄平连。
鄂山多少心头语，
有若清风有若泉。

王德珍，网名魔女，中华诗词学会会员，山西诗词学会会员，山西万柏林区诗词学会副会长兼秘书长，杏花女子诗社副社长，晋社社员。

读《山居漫吟之鄂山心语》寄王卓诗友

郭宏伟

谁使诗狂老更癫，芳樽载酒韵如弦。
饱含汾水亲情意，笑对人生大好年。
文字每吟权记事，初心未改再谋篇。
鄂山心语传心语，心语犹霞缀满天。

郭宏伟，网名野泉，中华诗词学会会员，山西诗词学会副秘书长、唐槐诗社社员。

贺守拙斋主《山居漫吟之鄂山心语》诗集付梓

卢振武

俗务纷纭未许闲，吟眸跌宕记相关。
乡愁一缕牵宁武，心语千丝咏鄂山。
赋笔凝香情脉脉，芸窗听雨韵潺潺。
霓裳曲妙清樽满，守拙何须云水间。

卢振武，山西乡宁人，山西省诗词学会会员，临汾市平水诗词学会会员，乡宁县诗词楹联协会副主席。

贺《山居漫吟之鄂山心语》付梓

栗文政

凝香一束送诗花，
听雨声中慢品茶。
勿巧宁拙诚可贵，
霓裳舞罢醉云槎。

栗文政，中华诗词学会会员，山西诗词学会副会长，山西来福诗社社长，唐槐诗社社员。

【双调·折桂令】题《山居漫吟之鄂山心语》

原振华

好一卷珠玉琳琅，半世流光，一世情长。
追梦青春，痴心红豆，携手风霜。
因一人爱一城他乡故乡，撷一韵赋一诗墨香心香。
月满西窗，琴瑟悠扬，岁月华章。

原振华，山西省长治人，中华诗词学会散曲工委委员，山西诗词学会副秘书长，山西黄河散曲社副社长，《当代散曲》主编，《难老泉声》《中国散曲研究信息》副主编。

读王卓诗集《山居漫吟之鄂山心语》初稿有感

张 柳

江南烟雨笔中行，
雪域心莲入眼明。
每有吟怀存社稷，
初衷不改是真情。

张柳，笔名柳如烟，中华诗词学会会员，山西诗词学会副秘书长，学术委员会副主任，山西杏花诗社常务副社长兼秘书长。

贺王卓先生诗集刊发

常永生

诗带霜花韵带风，
擎天妙句著春浓。
情思植在乡宁土，
心语吟成大鄂峰！

常永生，中华诗词学会会员，山西诗词学会副会长，万柏林区作家协会会长，黄河散曲社副社长，山西唐槐诗社社长。

贺王卓弟《山居漫吟之鄂山心语》付梓

耿 弘

二十世纪九十年代，因农调工作之需在省城刘磊峰兄的引荐下，与乡宁王卓相逢，又因共同喜好三人常聚，小酌谈诗论词称兄道弟，诗见有长又引荐我侪入唐槐诗社、万柏林诗社、山西诗词学会、中华诗词学会。弟今集诗成册遂小记以贺：

当时一握手相迎，同事朋侪并弟兄。
春始各奔田野上，岁终每聚太原城。
千盅酒里论诗赋，三十年间秉笔耕。
漳水涛声听未够，鄂山心语已先呈。
卷开胸次暖流涌，利涉大川真性情。

耿弘，笔名云子，山西长治平顺人。山西天脊诗社社长。中华当代文学学会会员，中华诗词学会会员，山西诗词学会会员，山西唐槐诗社社员。太行诗社、羿神诗社顾问兼格律诗微刊主编。

读《山居漫吟之鄂山心语》寄王卓诗友

郭宏伟

读《凝香集》

凝香堪集册，首赋予梨花。
人与花相似，清风此一家。

读《听雨集》

边关冷月秋，夫子闲听雨。
捉笔信天游，诗文皆有树。

读《守拙集》

心为农工想，坚持始到今。
纵然杂繁饕，不变是初心。

读《霓裳集》

诗可夺人眼，文从洛市来。
人间花四月，不忍染尘埃。

郭宏伟，网名野泉，中华诗词学会会员，山西诗词学会副秘书长，唐槐诗社社员。

水调歌头·贺王卓兄《山居漫吟之鄂山心语》付梓

郭 文

乡宁县王卓，字春宁，自号听雨夫子、守拙斋主，网名“边关冷月”。所著《山居漫吟之鄂山心语》即将付梓。《水调歌头》寄之。

卿本芦芽雪，独恋鄂河风。吟鞭东指烟野，醉帽过葱茏。更喜夜阑听雨，长伴云丘冷月，守拙圃园中。卅载桑麻事，翰墨写乡农。

飞红落、飞蛾灭，亦从容。侣鱼友鹿，平素厌做应声虫。老在须眉鬓角，富在诗心快意，笔底有青松。寄远边关客，耕雨作陶翁。

注：

1. 芦芽，即芦芽山，居宁武县。王卓生长于斯。
2. 鄂河，黄河支流，居乡宁县。王卓毕业后在县农业局工作。
3. 云丘，即云丘山，乡宁县名胜。
4. 吟鞭醉帽：辛弃疾“马上三年，醉帽吟鞭，锦囊诗卷长留”。
5. 侣鱼友鹿：苏轼《前赤壁赋》“侣鱼虾而友麋鹿”。
6. 应声虫：见宋代彭乘《续墨客挥犀》故事。
7. 耕雨：宋方岳《劝耕》“耕雨锄烟亦饱语”。

郭文，中华诗词学会会员，山西诗词学会会员，山西唐槐诗社社员。

王卓先生《浪淘沙·黄河三峡有吟》赏析

郭　文

顾盼水云间，幽谷青峦。神工鬼斧叠千磐。九曲十湾三百里，着意蹁跹。

偷得半时闲，挥手云牵。清辉借些洗尘烟。掸净经年艰与苦，不解征鞍。

王卓先生擅写山水景物，《浪淘沙·黄河三峡有吟》在其山水诗词中特点鲜明，法度井然，耐品耐读。

上片写黄河三峡百里画卷。起句“顾盼水云间，幽谷青峦”，九个字总括三峡壮美。水、云、谷、峦，道尽三峡之景。以“顾盼”领起上片，颇显诗人功力。“顾盼”，既有因景色奇绝、气象万千而看不过来的意思，又有流连之意。“青”“幽”，点明季节时序、景致特点。全句无一字无用，而多一字则显赘余。“神工鬼斧叠千磐”，此句言重岩叠嶂，连绵不绝。郦道元《三峡》：“自三峡七百里中，两岸连山，略无阙处。重岩叠连，隐天蔽日。”郦道元虽然描写的是长江三峡，但作者只用“叠千磐”三字，便表达出郦道元二十余字之意。此句言“山”，而后句“九曲十湾三百里”则言“水”。以“九”“十”“三百”承上句“千磐”，不能不说诗人用字的巧妙。正因上述数字的恰当运用，才展示出黄河三峡千回百折，奔流而去的气势。“蹁跹”，舞动的姿态，呼应“九曲十湾”，以“着意”领之，则赋予三峡人性。在曲折连绵的绝巘中，黄河潮涌浪翻，“着意”地舞蹈着、跃动着，彰显出非凡的活力，动感十足。上片有总写，有分写，层次分明，句句承接，手法老道。

下片“偷得半时闲，挥手云牵”，再承上片“顾盼”。既是“顾盼”良久，更觉难得一见，所以用“偷得半时闲”回应。此句直接化用古诗“晚上危亭一解颜，公科偷得半时闲”（〔宋〕吴芾《又登碧云亭感怀三十首》）。虽是直接化用，但用在此处并不觉得突兀。清代的张衍懿在《入峡》中曾有“两崖如剑立，百丈入云牵”之语，是说峰峦高耸入云；王卓先生的“挥手云牵”，则是说黄河三峡上空的云仿佛探手可触，有极为亲近之意。下句“清辉借些洗尘烟”，“借”字与前面的“偷”，可谓异曲同工。一借、一偷，表现的是诗人对壮美河山的留恋、热爱。“清辉”多指清晨的日光或皎洁的月光。此处显然指的不是清晨的日光，而是层峦耸翠中漏出的曦光，或者皎洁的月色。“尘烟”，并非实指尘埃烟雾，而是既有征尘之意，更有尘世中的纷繁事务之意，如宋代王炎写道“千里倦游客，老眼厌尘烟”。“掸净经年艰与苦”，其中“经年”与下片领句“半时”形成强烈反差。“经年艰与苦”哪能是“偷得半时闲”便能消得、便能掸净？但这“半时闲”也是偷来的！其实掸净或者掸不净，对于诗人来说都不重要了，因为前路漫漫，即便还有数不尽的“艰与苦”，也要“不解征鞍”，扬鞭策马，表现出对未来的执着、期待，颇有“局踏中宵泪未乾，明朝又复跨征鞍”（〔清〕张洵佳《行路难》）的韵味。以“不解征鞍”收束全词，格局立现。

清代词人张惠言论词，提出“比兴寄托”的主张，强调词作应该重视内容，“意内而言外”“意在笔先”；当代山西诗人时新先生也说过“我们写诗，不能只是玩玩而已。是要实践和宣扬中华民族的伟大精神，要将这件事看作是一件神圣的事来做。其中，有你的信仰，有你的精神寄托，有你的理想和希望，有你的价值观、人生观和世界观”。王卓先生这首《浪淘沙·黄河三峡有吟》，上片写景，下片寄情，层次分明，意脉相连，浑然一体，情感饱满，实为佳构。

郭文，中华诗词学会会员，山西诗词学会会员，山西唐槐诗社社员。

贺守拙斋主《山居漫吟之鄂山心语》集成

冯 燚

癸卯夏半，百木盈盛，河表明清。适遇鄂乡文升泰斗，韵蒸墨兰，凝天象星环飞转，聚地气贤勇成藩。前有学花得道，后有士子成仙。今授占坊之庸，得贪寸簿之愚，加之守拙历心能炳斋主名，冷月披荆可呈鄂山貌，风云会际，混沌渐清，山居漫吟，流年咏集，大号斐名唯卓堪居。是以沥笔浇卷，举腹推贤，粗成浅篇以撰赞。

盖我鄂乡，山川毓秀，物阜民丰。重仁道，顺德教化延纯儒之风，尊礼义，载厚纳诚兴永安之宁。食赋无虞，童叟不欺。兴尊仪而人自贵，树雅贤而威自临。地因人而盛，人因地而名。上百年词讼不举，下千秋殴殁不兴。遇外择诚以资信，处内推恭以持礼。笑对八方引凤帔驻，喜张六门招贵客临。卓生忻州，少名多才，本能乘根祖运起栋梁势，或可倚祠裔熟而展门第辉，然终因鄂乡雨润，土石存温，致其嘉年远走而北士南运，浅修即成鄂山金壁玉柱耳。

卓敏好学，喜交乐问。先师不以师表，用贤不以贤储。遇达不倦，处困不积。游江湖闲撷漫吟，居官中逊谦亲和。雄赳赳清风两袖，气昂昂侠胆一身。友则诚，仇则恶。不以权傲，少因官凌。性中直，废伪饰道貌，胸广阔，容星海驰骋。鹤立鸡群时百鹊绕道，玉树临风日诸紫归鞘。虽才高浅企八斗，然学富足及五车，实鄂乡难得之才俊也。

卓文灵秀，独引清流。文幔所涉，幅覆广宇。隘处能见童稚嬉戏谐趣，穷极可猎家国盛衰情怀。小咏怡情，大音稀声。浅唱时妻小皆奉，高歌时雷电不吝。格高调雅，词诡风奇，情至柔处花间婉约相映，意到深时豪放浪漫天成。一诗一世界，一文一惊魂。写鄂山挚意切切，吟鄂水诚意蒙蒙。察用词，条条有度，才残缺处偏珠玑暗赴。觅落句，道道无声，似丰满间又参差屑行。腻时残阳泥履，鲜时暮栏披霜。守拙斋里听黄昏，霓裳舞畔呼流连。读卓文章，如踏荷信步，风沐发肩。阅卓文采，若临泉抚琴，潮润心脾。粗读来词路昭昭长短有倚，细阅罢诗行迢迢横竖生机。真个是光射牛斗，儒仰宫墟，俊采星驰下惟觉乏语不济。

即今集成，如腾蛟出海，滔浪巍巍皆排于侧。似雏凤冲霄，云霓蒸蒸合开于旁。文添盛事，书淹泽芳。心语颂鄂山，集咏袭流年。榴梅凝香雾，禅轩飞雨天。惟祝君剑下封尘，一鹤冲天，幸甚！

冯焱，笔名水乡吴哥，就职于乡宁县财政局，有《春之韵》组诗及古风体《风雪夜灯楼》(春江花月夜姊妹篇章)等原创诗词收录于国家藏书《一路诗怀》系列诗集。

编后记

我自黄河北端的凤凰城宁武关来，到黄河南端的鄂邑古城乡宁县，一样的河水滋润了我的成长；

我自吕梁山北端的管涔山来，到吕梁山南端的高天山，一样的山脉蕴养了我的魂魄；

我自汾河源头的灵沼胜地、天池湖泊来，到汾河南端的云丘山、黄花峪，一样的情怀造就了我的清灵飘逸。

我自小生活在煤矿，一个坐落在宁武关外，外长城隘口的阳方口煤矿，现属同煤集团，从小领略的多是边塞文化和游牧文化的冲撞，见多的是煤矿工业产业，向往着繁荣奢华的农耕文化。

1987 年我从神池县一中考入大同医学专科学校，成为一名医学专业的大学生，3 年的刻苦学习，以较为优异的成绩毕业，意气风发，憧憬着悬壶济世、治病救人，做一名受人尊敬的大夫。我与妻在大学校园一见钟情，那个时候轰轰烈烈、荡气回肠的爱情故事，成为 1990 届 300 多名同学推崇的情侣榜样，一曲《你潇洒，我漂亮》成为一股潮流席卷全校，是我们爱情的写照。时光过隙，毕业之际，处在包分配“铁饭碗”的那个年代，大多数同学争着去太原、去大同，往城市里争取。我却做出了一个令人诧异的决定，随妻改派到偏远山区小县——乡宁县工作。我记得改派时，恩师苏佩生先生曾苦笑着说：“乡宁、宁宁（我的乳名）、宁武，或许这是天意吧！”从此后有一个塞北骄子成为了晋南汉子。乡宁也成为我工作生活的第二故乡。

乡宁县位于临汾市西南隅，历史悠久、文脉厚重。春秋晋鄂侯居此，古称鄂邑，迄今有2000多年的历史。气候温润，四季分明。资源富集、物产阜盛。古迹众多、风景秀丽。

1990年10月，按照县上工作的需要，我被分配到县委农村工作部工作，舞刀弄针的白衣战士成为舞文弄墨的材料文员。我秉持医学生“大爱无疆”的信念，在农业战线上一干就是30多年，把最美好的青春年华无私地奉献给可爱的家乡，美丽的乡宁。“三农”工作每天很忙，我跑遍了乡宁的山山水水，经常不避寒暑，不顾早晚，下乡写材料加班加点是最正常不过的。我从来没有埋怨和不满，一心扑在工作上，受到上级的好评和表彰。

我个人没有玩麻将、打牌、下棋的嗜好。一方面是工作忙，没有时间。从一个医学生要转为农业行业的行家里手，需要有更多的精力和时间去不断充实自己，填补知识的空白。另一方面是没有太多的熟人，没有同学、没有发小，社交圈子很小。但诗与远方一直躁动在心间，闲暇之余，写一些小文章、小诗词以怡情怀。2004年我的师长刘磊峰（梁山樵夫）邀我加入山西省著名诗社“唐槐诗社”，从而潜心学习写作格律诗词，我省著名诗人史文山、尹昶发、时新、常永生、毛牛、诗源、晋风、魔女、野泉、耿弘等等或师或友，诗友指点帮教，使我在诗词方面受益匪浅。2008

年我成为了山西诗词学会会员,2014 年成为了中华诗词学会会员。

我始终认为,诗词写作的根基是用心动情,用心动情的东西才能让人读起来如临其境、如醉其痴。我无意成为诗人,写诗作词是我工作之余打发闲暇或者是枯燥材料写作之余的调剂,是记录自己的情绪和成长的形式,是以另一种题材记忆生我养我的故乡,记载生活三十多年的他乡当故乡的情怀,记录身边发生的令人激奋的事情。

这本诗词文集是我从 36 岁到 53 岁之间陆陆续续写下的,因为工作需要办公室搬迁好多次,有不少的散失,整理之下,敝帚自珍。十几年间,陋居择三处书房:果园中花香四溢,谓之凝香园;平房小院里闹中取静,谓之听雨轩;高层楼房上净化思绪,谓之守拙斋。诗词作品中,按写作地点分别命名为《凝香集》《听雨集》《守拙集》。散文诗名为《霓裳集》,诗社和学会诸多文友的点评及贺诗名为《煦风集》,以此分类。书中所配书法插画,是我的知己朋友王彩龙、刘华承、宋理想、成红、李霞和唐槐吟长等所书所画,封面、扉页及插画摄影由好朋友齐文辉完成。

这本诗词文集有幸得到著名诗人、作家、书法家时新先生题写书名,著名诗词评论家、诗人、作家刘小云先生,原分管副县长郑福祥先生作序,倍感荣幸,深深感谢。

感谢孙爱晶吟长的简评、原振华吟长的点评、郭文诗友的赏析、冯燚诗友的贺辞,感谢唐槐诗社、晋社、临汾市平水诗词学会、乡宁县诗词楹联协会等众多诗友的相和相贺！

感谢30多年一起战天斗地的崔满喜、任进科、李金学等领导和一众同事的鼓励和帮助。特别是李金学局长在闲暇对这本诗词集出版多次提出许多宝贵的修改意见和编辑想法，整体提高了书籍的美观效果。

在此，真挚地感谢妻子闫晓君和一双儿女对我写作的鼓励和支持，宽容和付出。

这本诗词文集乃是一家所言，文笔幼稚，难免有差错之处，请各位读者方家不吝赐教。

2023年6月于鄂邑守拙斋